Diogenes Taschenbuch 21429

de
te
be

Georges Simenon

Maigret und der Verrückte von Bergerac

Roman

Deutsch von Hainer Kober

Diogenes

Titel der Originalausgabe:
›Le fou de Bergerac‹

Eine erste deutsche Übersetzung erschien 1963
unter dem Titel ›Maigret und der Verrückte‹.
Umschlagzeichnung von
Hans Höfliger

Neuübersetzung

60/92/36/3
ISBN 3 257 21429 4

Inhalt

I

Der Reisende, der nicht schlafen kann

Zufall auf der ganzen Linie. Tags zuvor wußte Maigret noch nicht, daß er eine Reise unternehmen würde. Dabei war es die Jahreszeit, da Paris ihn zu bedrücken begann: Die grelle, warme Märzsonne ließ bereits den Frühling ahnen.

Madame Maigret war für vierzehn Tage im Elsaß bei ihrer Schwester, die in ein paar Tagen ein Baby erwartete.

Am Dienstagmorgen nun erhielt der Kommissar einen Brief von einem Kollegen der Kriminalpolizei, der zwei Jahre zuvor pensioniert worden war und sich in der Dordogne niedergelassen hatte.

... und vor allem: wenn Dich je ein freundlicher Zufall in unsere Gegend verschlägt, mußt Du unbedingt ein paar Tage hierbleiben. Ich habe eine alte Bedienstete, die nur zufrieden ist, wenn Gäste im Haus sind. Und die Lachszeit beginnt ...

Eine kleine Einzelheit versetzt Maigret in träumerische Stimmung: Der Briefkopf, ein Kupferstich, zeigte die Seitenansicht eines Herrensitzes, von zwei Türmen flankiert.

Darunter die Worte:

La Ribaudière
über Villefranche-en-Dordogne

Gegen Mittag rief Madame Maigret aus dem Elsaß an und sagte ihm, man hoffe, ihre Schwester werde in der nächsten Nacht entbinden, und sie fügte hinzu:

»Man könnte glauben, es sei Sommer. Einige Obstbäume blühen schon.«

Zufall ... Zufall ... Etwas später saß Maigret bei seinem Chef, und sie sprachen von diesem und jenem:

»Übrigens, Sie waren doch wohl noch nicht in Bordeaux wegen der Nachforschungen, von denen wir gesprochen haben?«

Eine unbedeutende Angelegenheit. Sie eilte nicht. Maigret würde gelegentlich nach Bordeaux fahren, um im Stadtarchiv zu stöbern.

Eine Gedankenassoziation: Bordeaux – die Dordogne ...

Und in diesem Augenblick fiel ein Sonnenstrahl auf die Kristallkugel, die seinem Chef als Briefbeschwerer diente.

»Das ist eine Idee. Ich habe im Augenblick nichts Wichtiges zu tun ...«

Nachmittags bestieg er mit einer Fahrkarte erster Klasse nach Villefranche an der Gare d'Orsay den Zug. Der Schaffner machte ihn darauf aufmerksam, daß er in Libourne umsteigen müsse.

»Es sei denn, Sie fahren in dem Liegewagen, der an den Anschlußzug gehängt wird.«

Maigret hörte kaum hin, las ein paar Zeitungen und

begab sich in den Speisewagen, in dem er bis zehn Uhr abends blieb.

Als er in sein Abteil zurückkam, waren die Vorhänge zugezogen. Die Lampe war abgedunkelt, und ein altes Ehepaar hatte es sich auf den beiden Bänken bequem gemacht.

Der Schaffner kam vorüber.

»Ist zufällig noch eine Liege frei?«

»In der ersten Klasse nicht. Aber ich glaube, in der zweiten. Wenn Ihnen das gleich ist ...«

»Klar.«

Maigret ging mit seiner Reisetasche durch mehrere Gänge. Der Schaffner öffnete einige Türen und fand schließlich das Abteil, in dem nur die obere Liege belegt war.

Auch hier war die Lampe abgedunkelt, und die Vorhänge waren zugezogen.

»Möchten Sie es heller haben?«

»Nein, danke.«

Eine feuchte Hitze umfing ihn. Irgendwo war ein leises Pfeifen, als sei die Heizung undicht. Jemand bewegte sich da oben auf der Liege und atmete schwer.

Der Kommissar zog leise Schuhe, Jacke und Weste aus, dann schlüpfte er in das Bett und legte sich seinen Hut über das Gesicht, denn von irgendwoher kam ein schwacher Luftzug.

Schläft er ein? Jedenfalls döst er. Vielleicht eine Stunde, vielleicht zwei, vielleicht noch länger. Doch ein Rest von Bewußtsein bleibt ihm.

Und dieses Restbewußtsein wird von Unbehagen

beherrscht. Liegt es an der Hitze, gegen die der Luftzug kaum etwas vermag?

Nein, wahrscheinlich an dem Mann da oben, der nicht einen Augenblick ruhig liegt.

Wie oft in der Minute wirft er sich herum? Und das unmittelbar über Maigrets Kopf. Jede Bewegung verursacht einen Höllenlärm.

Er atmet unregelmäßig, als hätte er Fieber.

Bis Maigret genug hat, aufsteht, auf den Gang hinaustritt und da auf und ab läuft. Doch da ist es zu kalt.

Wieder liegt er im Abteil. Die Schlaflosigkeit ruft seltsame Empfindungen und Bilder wach.

Er ist völlig abgeschlossen von der übrigen Welt. Ein Gefühl wie im Alptraum. Hat sich der Mann oben nicht gerade auf die Ellbogen gestützt und hinuntergebeugt, um einen Blick auf seinen Reisegefährten zu erhaschen?

Maigret dagegen hat nicht den Mut, sich zu rühren. Die halbe Flasche Bordeaux und die beiden Cognac, die er im Speisewagen getrunken hat, liegen ihm schwer im Magen.

Die Nacht zieht sich hin. Wenn der Zug hält, hört man undeutliche Stimmen, Schritte im Gang. Türenschlagen. Man fragt sich, ob der Zug sich jemals wieder in Bewegung setzen wird.

Man könnte glauben, der Mann weinte. Manchmal verstummt sein Atem, dann plötzlich schluchzt er. Er dreht sich auf die andere Seite und schneuzt sich.

Maigret bereut es, daß er nicht bei dem alten Ehepaar in seinem Erster-Klasse-Abteil geblieben ist.

Er schläft ein. Er wacht auf. Er schläft von neuem

ein. Schließlich kann er nicht mehr an sich halten. Er räuspert sich. Dann sagt er:

»Entschuldigen Sie, Monsieur, können Sie nicht endlich einmal still liegen?«

Seine Stimme klingt unfreundlicher als beabsichtigt. Wenn der Mann nun krank ist?

Der andere antwortet nicht, rührt sich nicht. Offenbar bemüht er sich, jedes Geräusch zu vermeiden. Plötzlich fragt sich Maigret, ob es überhaupt ein Mann ist. Genausogut könnte es eine Frau sein. Er hat niemanden gesehen. Das Geschöpf da oben ist unsichtbar, eingezwängt zwischen Matratze und Abteildecke.

Die Hitze dort oben muß mörderisch sein. Maigret versucht, die Heizung zu regulieren. Ohne Erfolg. Sie ist kaputt.

Mein Gott! Schon drei Uhr morgens!

»Ich muß endlich schlafen.«

Aber er ist hellwach und inzwischen fast ebenso nervös wie der andere. Er lauscht.

»Jetzt geht das schon wieder los ...«

Maigret zwingt sich, regelmäßig zu atmen, und zählt bis fünfhundert, in der Hoffnung, endlich einzuschlafen.

Tatsächlich, der Mann weint. Sicherlich ist es jemand, der zu einer Beerdigung in Paris gewesen ist, oder ein armer Teufel, der in Paris arbeitet und eine schlechte Nachricht von zu Hause bekommen hat: seine Mutter krank oder tot – vielleicht die Frau.

Maigret bereut es, so unwirsch gewesen zu sein. Wer weiß, manchmal wird an den Zug ein Leichenwagen angehängt.

Und die Schwägerin im Elsaß, die dicht vor der Entbindung steht. Drei Kinder in vier Jahren!

Maigret schläft. Der Zug hält und fährt weiter. Er überquert eine Eisenbrücke, die einen Heidenspektakel macht, und Maigret schlägt jäh die Augen auf.

Regungslos starrt er auf die beiden Beine, die von oben herunterbaumeln. Der Mann hat sich in seiner Liege aufgesetzt. Äußerst behutsam bindet er sich die Schuhe zu. Sie sind das erste, was der Kommissar von ihm sieht, und trotz der abgedunkelten Lampe bemerkt er, daß es Lackschuhe sind. Die Strümpfe dagegen sind aus grauer Wolle und scheinen handgestrickt zu sein.

Der Mann hält inne und lauscht. Vielleicht merkt er, daß der Rhythmus von Maigrets Atem sich verändert hat. Der Kommissar beginnt wieder zu zählen. Aber das fällt ihm schwer, weil er den Blick nicht von diesen Händen wenden kann, die die Schuhbänder knoten und so sehr zittern, daß sie denselben Knoten viermal beginnen müssen.

Der Zug fährt durch einen kleinen Bahnhof, ohne anzuhalten. Nur die Lichter schimmern durch die Abteilvorhänge.

Der Mann steigt herab. Das ganze bekommt immer mehr Ähnlichkeit mit einem Alptraum. Er könnte ganz normal herunterklettern. Hat er Angst vor neuerlicher Schelte?

Lange sucht sein Fuß nach der Leiter. Um Haaresbreite wäre er jetzt gestürzt. Er wendet dem Kommissar den Rücken zu.

Dann ist er endlich draußen, vergißt, die Tür zu schließen, verschwindet im Gang.

Wäre die Tür nicht offengeblieben, wäre Maigret sicherlich wieder eingeschlafen, aber so muß er aufstehen, um sie zu schließen, und er wirft dabei einen Blick in den Gang.

Er hat gerade noch Zeit, seine Jacke anzuziehen, vergißt aber die Weste.

Denn der Unbekannte hat die Wagentür am Ende des Gangs geöffnet. Das ist kein Zufall. Im gleichen Augenblick verlangsamt der Zug das Tempo. Undeutlich sind die Umrisse eines Waldes längs des Schienenstranges zu erkennen. Und ein unsichtbarer Mond beleuchtet ein paar Wolken.

Die Bremsen kreischen. Von achtzig Stundenkilometern hat sich das Tempo auf dreißig, vielleicht auf noch weniger verlangsamt.

Und der Mann springt hinaus, verschwindet hinter der Böschung, die er bestimmt hinunterrollt. Ohne lange nachzudenken, stürzt Maigret ihm nach. Er riskiert dabei nichts, denn der Zug fährt jetzt noch langsamer.

Einen Augenblick schwebt er im Leeren. Dann schlägt er hart mit der Seite auf, dreht sich dreimal um sich selbst und bleibt vor einem Stacheldrahtzaun liegen.

Ein rotes Licht entfernt sich mit dem Rattern des Zuges.

Der Kommissar hat sich nichts gebrochen. Der andere ist offenbar heftiger gestürzt, denn fünfzig Meter weiter beginnt er eben erst, sich schwerfällig zu erheben.

Es ist eine lächerliche Situation. Maigret fragt sich, welchem Impuls er gehorcht hat, als er auf die Böschung hinaussprang, während sein Gepäck weiter nach Villefranche-en-Dordogne fährt. Er weiß nicht einmal, wo er ist.

Er sieht nur Bäume: ein großer Wald zweifellos. Irgendwo ist das helle Band einer Straße, die zwischen den Stämmen verschwindet.

Warum rührt der Mann sich nicht? Mehr als ein kauernder Schatten ist dort nicht zu erkennen. Hat er seinen Verfolger gesehen?

»He«, ruft Maigret ihm zu und greift dabei in seine Tasche, in der sein Revolver steckt.

Er hat nicht die Zeit, ihn hervorzuholen. Er bekommt plötzlich einen Schlag gegen die Schulter, noch ehe er den Knall des Schusses hört.

Das hat nur eine Zehntelsekunde gedauert, und schon ist der Mann aufgestanden, rennt durch ein Dickicht, überquert die Landstraße und verschwindet in undurchdringlicher Dunkelheit.

Maigret hat einen Fluch ausgestoßen. Tränen steigen ihm in die Augen, nicht weil er Schmerzen hat, sondern weil er verblüfft, bestürzt und wütend ist. Das alles ist so schnell gegangen, und er befindet sich in einer so kläglichen Lage.

Er läßt seinen Revolver fallen, bückt sich, um ihn wieder aufzuheben, und verzieht das Gesicht, weil seine Schulter weh tut.

Genauer gesagt, es ist das Gefühl, daß Blut herausströmt, daß bei jedem Schlag seines Herzens die warme Flüssigkeit aus der verletzten Ader spritzt.

Er wagt nicht, zu laufen. Er wagt nicht, sich zu rühren. Er hebt nicht einmal seine Waffe auf.

Seine Schläfen sind feucht. Seine Kehle ist wie zugeschnürt. Und seine Hand faßt, wie erwartet, in Höhe der Schulter, in eine klebrige Flüssigkeit. Er preßt sie gegen die Wunde, sucht nach der Ader, um zu verhindern, daß noch mehr Blut herausfließt.

In seiner Benommenheit hat er das Gefühl, daß der Zug kaum einen Kilometer von ihm entfernt hält, lange, lange hält, während er selber angstvoll die Ohren spitzt.

Was hat er zu befürchten, wenn der Zug hält? Seine Reaktion ist automatisch. Die Stille erschreckt ihn wie eine plötzliche Leere.

Endlich beginnt dort unten das Geräusch wieder. Etwas Rotes bewegt sich hinter den Bäumen am Himmel. Und dann ist alles wieder stumm und dunkel.

Maigret steht und hält seine Schulter mit der rechten Hand. Es ist die linke Schulter. Er versucht, den linken Arm zu bewegen. Es gelingt ihm, ihn ein wenig zu heben, aber gleich darauf sinkt der Arm wieder schwer herunter.

In dem Wald hört man nichts. Man könnte glauben, der Mann sei nicht weitergeflüchtet, sondern halte sich im Gebüsch verborgen. Und wenn Maigret zur Straße geht, wird er dann nicht von neuem schießen, um ihn endgültig zu erledigen?

»Idiot! Idiot! Idiot!« brummt Maigret, der sich hundeelend fühlt.

Warum ist er aus dem Zug gesprungen? In der Morgendämmerung wird sein Freund Leduc ihn am Bahnhof von Villefranche erwarten, und das Dienstmädchen wird einen Lachs zubereitet haben.

Maigret geht mit weichen Knien. Nach drei Metern bleibt er stehen, geht wieder weiter, bleibt von neuem stehen.

Das einzige Helle im Dunkel ist die Straße, weiß und staubig wie im Hochsommer, aber das Blut fließt immer noch, wenn auch nicht mehr so stark. Maigrets Hand verhindert, daß es allzu stark herausquillt. Die Hand ist jedenfalls völlig verklebt.

Er ist kaum je in seinem Leben verletzt worden. Ihm ist so unheimlich zumute, als läge er auf einem Operationstisch. Ein heftiger Schmerz wäre ihm lieber als dies langsame Fließen seines Blutes.

Es wäre zu dumm, hier ganz allein in der Nacht zu sterben, ohne zu wissen, wo er ist, während sein Gepäck ohne ihn weiterreist.

Soll der andere doch schießen! Er geht, so schnell er kann, nach vorn gebeugt, halb ohnmächtig. Er gelangt zu einem Wegweiser. Aber nur die rechte Seite des Schildes ist vom Schein des Mondes beleuchtet: 3,5 Kilometer.

Bis wohin sind es 3,5 Kilometer? Bis zu welcher Stadt, bis zu welchem Dorf?

Das Muhen einer Kuh hallt aus der angezeigten Richtung herüber. Der Himmel ist dort ein wenig blasser. Das muß Osten sein, und bald wird es Tag werden.

Der Unbekannte scheint nicht mehr da zu sein, oder aber er verzichtet darauf, dem Verwundeten den Rest zu geben. Maigret schätzt, daß seine Kraft noch drei oder vier Minuten ausreicht, und er versucht, sie sich zunutze zu machen. Er marschiert wie beim Militär mit regelmäßigen Schritten, die er zählt, um sich am Denken zu hindern.

Die Kuh, die gemuht hat, gehört gewiß zu einem Bauernhof. Die Bauern stehen früh auf. Also ...

Das Blut fließt unter dem Hemd an seiner rechten Seite herunter, unter dem Hemd, unter dem Gürtel der Hose. Ist es ein Lichtschein, den er da sieht? Oder deliriert er bereits?

Wenn ich mehr als einen Liter Blut verliere ..., denkt er.

Es ist ein Lichtschein. Aber um dorthin zu kommen, muß er über einen frisch gepflügten Acker gehen, und das ist schwieriger. Seine Füße versinken im Boden. Er stößt gegen einen Traktor, der dort steht.

»Hallo! Hallo! Ist dort jemand? Schnell!«

Dieses ›Schnell‹ der Verzweiflung ist ihm jäh entschlüpft, und er stützt sich schwer auf den Traktor. Er rutscht ab, sitzt auf dem Boden, hört, wie eine Tür sich öffnet, und sieht eine Laterne schwanken, die jemand hält.

»Schnell.«

Hoffentlich denkt der Mann, der sich da naht, daran, ihn abzubinden. Maigrets Hand fällt schlaff an seiner Seite herunter.

»Eins, zwei, eins, zwei ...«

Jedesmal verläßt ein neuer Blutstoß seinen Körper.

Verworrene Bilder und dazwischen immer wieder leere Flecken, an deren Rändern der Schrecken lauert und der Alptraum.

Ein Rhythmus ... Schritte eines Pferdes ... Stroh

unter dem Kopf und Bäume, die rechts vorübergleiten.

Jetzt wußte Maigret, wo er war. Er lag in einem Karren, es war hell, und sie fuhren langsam eine von Platanen gesäumte Straße entlang.

Er schlug die Augen auf, rührte sich aber nicht. Schließlich sah er in seinem Gesichtsfeld einen Mann, der lässig einherschritt und die Peitsche schwang, die er in der Hand hielt.

Ein Alptraum? Maigret hatte das Gesicht des Mannes im Zug nicht gesehen, nur die vagen Umrisse einer Gestalt, Lackschuhe und graue Wollstrümpfe.

Warum glaubte er also, daß der Bauer, der neben dem Wagen schritt, der Mann aus dem Zug war?

Er sah ein verwittertes Gesicht, einen dicken grauen Schnurrbart, dichte Brauen und helle Augen, die unentwegt geradeaus blickten, ohne von dem Verwundeten Notiz zu nehmen.

Wo war er? Wohin fuhr er?

Die Hand des Kommissars bewegte sich, und er fühlte etwas Ungewöhnliches an seiner Brust, etwas wie einen dicken Verband.

Doch in dem Augenblick, da ein Sonnenstrahl ihm grell in die Augen drang, verwirrten sich seine Gedanken von neuem.

Eine Weile später tauchten Häuser mit weißen Fassaden auf – eine breite, ganz von Sonne durchflutete Straße – ein Geräusch hinter dem Karren, das wie das Stampfen vieler Füße klang, und Stimmen. Aber er konnte die Worte nicht verstehen. Das Holpern des Wagens tat ihm weh.

Dann hörte es plötzlich auf, und er spürte ein Schwanken und Schlingern, wie er es noch nie erlebt hatte.

Er lag auf einer Bahre. Vor ihm ging ein Mann in weißem Kittel. Man schloß ein großes Tor, hinter dem es von Leuten wimmelte. Jemand kam angelaufen.

»Bringen Sie ihn sofort in den Operationssaal.«

Er bewegte den Kopf nicht. Er dachte nichts. Und doch registrierte sein Blick die Umgebung.

Man trug ihn durch einen Park, in dem sich kleine, sehr saubere Gebäude aus weißgekalkten Ziegeln erhoben. Auf Bänken saßen Leute in einer grauen Tracht. Manche hatten den Kopf oder das Bein verbunden. Schwestern eilten geschäftig hin und her.

Und sein träges Gehirn sucht vergeblich nach dem Wort Krankenhaus.

Wo war der Bauer, der dem Mann im Zug ähnelte?

Au! Es ging eine Treppe hinauf. Das tat weh.

Und als Maigret von neuem erwachte, sah er einen Mann, der sich die Hände wusch und ihn ernst anblickte.

Der Blick traf ihn wie ein Stich in die Brust. Dieser Mann hatte ein Bärtchen und dichte Brauen.

Ähnelte er dem Bauern? Jedenfalls ähnelte er dem Mann im Zug.

Maigret konnte nicht sprechen. Er öffnete den Mund. Der Mann mit dem Bärtchen sagte ruhig: »Legen Sie ihn auf Zimmer drei. Der Polizei wegen ist es besser, wenn er allein liegt.«

Wieso der Polizei wegen? Was sollte das heißen?

Männer in weißen Kitteln trugen ihn von neuem

durch den Park. Die Sonne schien so hell und heiter, wie der Kommissar sie noch nie hatte scheinen sehen.

Man legte ihn in ein Bett. Die Wände waren weiß. Es war hier fast ebenso heiß wie in dem Zug.

Irgendwann sagte eine Stimme: »Der Kommissar fragt, wann er ...«

Der Kommissar, war das nicht er selber? Aber er hatte nichts gefragt. Dies alles war lächerlich.

Und vor allem, daß der Bauer dem Arzt und dem Mann im Zug ähnelte.

Hatte der Mann im Zug überhaupt ein graues Bärtchen gehabt? Einen Schnurrbart? Dichte Brauen?

»Nehmen Sie die Zähne auseinander. Gut.«

Es war der Arzt, der ihm etwas in den Mund goß.

Um ihn zu vergiften, ihm den Rest zu geben!

Als Maigret gegen Abend wieder zu Bewußtsein kam, ging die Schwester, die bei ihm wachte, in den Flur des Krankenhauses, in dem fünf Männer warteten: der Untersuchungsrichter von Bergerac, der Staatsanwalt, der Polizeikommissar, ein Protokollführer und der Arzt.

»Sie können eintreten. Aber der Professor bittet Sie, den Patienten nicht zu sehr zu ermüden. Übrigens hat er einen so merkwürdigen Blick, daß es mich nicht wundern würde, wenn er verrückt wäre.«

Und die fünf Männer blickten einander mit verständnisvollem Lächeln an.

2

Fünf enttäuschte Männer

Es ähnelte einer von schlechten Schauspielern gespielten Szene in einem Melodram: Die Schwester zog sich lächelnd zurück und warf einen letzten Blick auf Maigret. Einen Blick, der bedeutete: ›Er gehört Ihnen, meine Herren!‹

Und die fünf Herren ergriffen mit einem heiteren und zugleich drohenden Lächeln Besitz von dem Raum. Es war, als gehöre das zu ihrer Rolle, als trieben sie ihr Spielchen mit Maigret.

»Beginnen Sie, Herr Staatsanwalt.«

Ein winziger Mann mit Bürstenschnitt und einem finsteren Blick, den er gewiß einstudiert hatte, um ihn seinem Beruf anzupassen, und einer betonten Kälte und Bosheit.

Er ging nur an Maigrets Bett vorüber, um ihn kurz anzublicken, und stellte sich dann wie bei einer Zeremonie an die Wand, den Hut in der Hand.

Und der Untersuchungsrichter machte es genauso, wobei er den Verletzten grinsend ansah, und pflanzte sich dann neben seinem Vorgesetzten auf.

Dann der Protokollführer.

Jetzt waren es schon drei, die wie Verschwörer an der Wand standen, und nun gesellte sich ihnen auch noch der Arzt zu.

Es blieb nur noch der Polizeikommissar übrig, ein dicker Mann mit hervorquellenden Augen, der sich anschickte, den Scharfrichter zu spielen.

Ein Blick zu den anderen hin. Dann ließ er langsam seine Hand auf Maigrets Schulter fallen.

»Reingefallen, wie?«

Unter anderen Umständen hätte das vielleicht äußerst amüsant sein können, aber Maigret lächelte nicht, sondern runzelte im Gegenteil beunruhigt die Stirn.

Er war seinetwegen beunruhigt. Er hatte immer noch das Gefühl, daß die Grenze zwischen Wirklichkeit und Traum sich immer mehr verwischte.

Und nun spielte man ihm diese Parodie einer Untersuchung vor. Der Polizeikommissar setzte eine pfiffige Miene auf.

»Ich muß gestehen, es ist mir gar nicht so unrecht, endlich deine Visage zu sehen.«

Und die vier anderen an der Wand sahen zu, ohne mit der Wimper zu zucken.

Maigret stieß zu seiner eigenen Verwunderung einen langen Seufzer aus und zog die rechte Hand unter der Decke hervor.

»Auf wen hattest du es heute nacht abgesehen? Wieder auf eine Frau oder ein junges Mädchen?«

Da erst wurde Maigret sich bewußt, wie viele Worte notwendig sein würden, um die Situation zu erklären. Und das erschreckte ihn. Davor graute ihm. Er war müde. Sein ganzer Körper tat ihm weh.

»Die Sache ist die ...«, stammelte er.

Die anderen verstanden nicht.

»Die Sache ist die ... Morgen ...«, wiederholte er darum leiser. Und er schloß die Augen, und der Staatsanwalt, der Richter, der Arzt und der Protokollführer verschmolzen für ihn bald zu einer Person, die dem Chirurgen, dem Bauern und dem Mann im Zug glich.

Am nächsten Morgen saß er in seinem Bett, oder vielmehr, sein Oberkörper wurde von zwei Kissen gestützt, und er betrachtete die Schwester, die in der Sonne hin und her ging und das Zimmer aufräumte.

Sie war ein schönes, hochgewachsenes Mädchen mit aufreizend blondem Haar, und sie musterte ihn unaufhörlich, herausfordernd und furchtsam zugleich.

»Sagen Sie ... Gestern waren doch fünf Herren hier?«

Von oben herab erwiderte sie in spöttischem Ton: »Das verfängt bei mir nicht.«

»Schön. Sagen Sie mir, was sie hier wollten.«

»Ich bin nicht berechtigt, mit Ihnen zu sprechen, und ich will Ihnen gleich sagen, ich werde alles, was Sie mir sagen, weitergeben.«

Das Merkwürdige war, daß Maigret die Situation in gewisser Weise genoß, wie man manchmal bestimmte Träume im Morgengrauen unbedingt zu Ende träumen möchte, bevor man erwacht.

Die Sonne schien so strahlend wie auf Märchenbildern. Irgendwo draußen zogen berittene Soldaten vorbei, und als sie um eine Straßenecke bogen, schwang sich jubelnder Trompetenklang empor.

Im gleichen Augenblick ging die Schwester an dem

Bett vorüber, und Maigret, der ihre Aufmerksamkeit auf sich lenken wollte, faßte sie am Rocksaum.

Sie drehte sich um, stieß einen fürchterlichen Schrei aus und flüchtete.

Erst kurz vor Mittag klärte sich alles auf. Der Chirurg war damit beschäftigt, Maigret den Verband abzunehmen, als der Polizeikommissar erschien. Er trug einen funkelnagelneuen Strohhut und eine königsblaue Krawatte.

»Sind Sie denn gar nicht auf den Gedanken gekommen, einmal in meiner Brieftasche nachzusehen?« fragte Maigret ihn freundlich.

»Sie wissen ganz genau, daß Sie keine Brieftasche haben!«

»Nun. Es wird sich alles aufklären. Rufen Sie die Kriminalpolizei in Paris an. Man wird Ihnen dort sagen, daß ich Kommissar Maigret bin. Und wenn Ihnen das zu lange dauert, benachrichtigen Sie meinen Kollegen Leduc, der ein Landhaus in Villefranche hat. Aber vor allem sagen Sie mir bitte, wo ich bin.«

Der Polizeikommissar wollte noch nicht nachgeben. Er lächelte verschmitzt und stieß den Chirurgen mit dem Ellbogen in die Seite.

Und bis zu Leducs Eintreffen, der in einem alten Ford angefahren kam, blieben alle sehr zurückhaltend.

Aber dann mußte man endlich zugeben, daß Maigret wirklich Maigret und nicht der Verrückte von Bergerac war.

Leduc hatte das blühende rosige Aussehen eines Rentners, der es sich wohl sein läßt. Und seit er die Kriminalpolizei verlassen hatte, rauchte er nur noch eine Meerschaumpfeife, deren Kirschbaumstiel aus seiner Tasche herausragte.

»Ich will dir in wenigen Sätzen alles erklären. Ich bin nicht aus Bergerac, wie du weißt, aber ich fahre jeden Samstag mit meinem Wagen zum Markt dorthin. Ich esse dann immer ausgiebig im ›Hôtel d'Angleterre‹ zu Mittag. Nun, vor etwa einem Monat hat man auf der Landstraße eine Frau tot aufgefunden. Erdrosselt, genauer gesagt. Und nicht nur erdrosselt. Nachdem sie tot war, hat der Mörder seinen Sadismus so weit getrieben, daß er ihr eine große Nadel ins Herz gebohrt hat.«

»Wer war diese Frau?«

»Leontine Moreau vom Hof ›Moulin-Neuf‹. Man hat ihr nichts gestohlen.«

»Und sie nicht ...«

»Nein, sie nicht vergewaltigt, obwohl sie eine schöne Frau Anfang Dreißig war. Das Verbrechen ist bei Anbruch der Nacht begangen worden, als sie von ihrer Schwägerin zurückkam. Das ist die eine. Die andere ...«

»Es sind zwei?«

»Zwei und eine halbe. Die andere ist ein Mädchen von sechzehn Jahren, die Tochter des Bahnhofsvorstehers, die auf einem Fahrrad spazierenfuhr. Man hat sie in genau dem gleichen Zustand aufgefunden.«

»Am Abend?«

»Am nächsten Morgen. Aber das Verbrechen ist am Abend begangen worden. Und die dritte schließlich ist ein Zimmermädchen aus dem Hotel, die ihren Bruder aufsuchen wollte, der Straßenwärter ist und fünf bis sechs Kilometer von der Stadt entfernt an der Straße arbeitet. Sie ging zu Fuß. Jemand hat sie plötzlich von hinten gepackt und zu Boden geworfen. Aber sie ist stark. Es ist ihr gelungen, den Mann ins Handgelenk zu beißen. Er hat einen Fluch ausgestoßen und ist weggelaufen. Sie hat ihn nur undeutlich von hinten gesehen, wie er im Unterholz verschwand.«

»Das ist alles?«

»Das ist alles. Die Leute sind davon überzeugt, daß es sich um einen Verrückten handelt, der sich in den Wäldern der Umgebung versteckt. Man will um keinen Preis zugeben, daß es vielleicht jemand aus der Stadt ist. Als der Bauer gemeldet hat, daß er dich auf der Straße gefunden habe, hat man geglaubt, du seist der Mörder und seist bei dem Versuch, ein neues Verbrechen zu verüben, verletzt worden.«

Leduc war ernst. Er schien die Verwechslung gar nicht so komisch zu finden.

»Übrigens«, fügte er hinzu, »gibt's Leute, die sich davon nicht abbringen lassen werden.«

»Wer ist mit der Aufklärung der Verbrechen betraut?«

»Die Staatsanwaltschaft und die Ortspolizei.«

»Würdest du mich jetzt bitte schlafen lassen?«

Es war zweifellos seiner Schwäche wegen: Maigret hatte ständig das unwiderstehliche Verlangen zu schlafen. Trotzdem war er immer halbwach, hatte die Augen geschlossen und lag am liebsten der Sonne zugekehrt, deren Strahlen durch seine Lider drangen.

Nun hatte er neue Gestalten, die er sich vorstellen,

im Geiste mit Leben erfüllen konnte, wie ein Kind, das seine bunten Zinnsoldaten marschieren läßt.

Die dreißigjährige Bäuerin, die Tochter des Bahnhofsvorstehers, das Zimmermädchen ...

Er erinnerte sich an den Wald, die großen Bäume, die helle Straße und malte sich aus, wie das Opfer überfallen wurde, im Staub lag, und der Mörder seine lange Nadel schwang ...

Es war unheimlich. Zumal wenn man in diesem Krankenzimmer, in dem man nur die friedlichen Geräusche der Straße hörte, daran dachte. Unter Maigrets Fenster mühte sich jemand zehn Minuten lang damit ab, sein Auto in Gang zu bringen. Der Chirurg kam in einem leisen, schnellen Wagen, den er selber steuerte.

Es war acht Uhr abends, und die Lampen brannten, als er sich über Maigrets Bett beugte.

»Ist es ernst?«

»Es wird vor allem langwierig sein. Sie werden vierzehn Tage liegen müssen.«

»Könnte ich nicht in ein Hotel übersiedeln?«

»Sind Sie hier nicht gut aufgehoben? Freilich, wenn Sie jemanden haben, der Sie pflegt ...«

»Ganz unter uns, was halten Sie von dem Verrückten von Bergerac?«

Der Arzt schwieg eine Weile. Und darum formulierte Maigret seine Frage genauer: »Glauben Sie wie die Leute, daß es ein Irrer ist, der im Wald lebt?«

»Nein.«

Maigret hatte Zeit gehabt, darüber nachzudenken und sich ähnliche Fälle ins Gedächtnis zu rufen, mit denen er zu tun gehabt hatte oder von denen er hatte reden hören.

»Ein Mann, der sich im alltäglichen Leben wie Sie und ich benimmt, meinen Sie?«

»Wahrscheinlich.«

»Mit anderen Worten, es besteht durchaus die Möglichkeit, daß er in Bergerac wohnt und dort irgendeinen Beruf ausübt.«

Der Chirurg warf ihm einen seltsamen Blick zu, zögerte, wurde verlegen.

»Haben Sie eine Idee?« fuhr Maigret fort, ohne ihn aus den Augen zu lassen.

»Ich habe nacheinander die verschiedensten gehabt, aber ich habe sie alle wieder verworfen. Dann kommen sie mir von neuem in den Sinn. Unter einem bestimmten Blickwinkel betrachtet, erscheinen alle Menschen nicht ganz normal.«

Maigret lachte.

»Und Sie haben an die ganze Stadt gedacht, vom Bürgermeister und sogar vom Staatsanwalt bis zu irgendeinem, dem Sie begegneten. Ganz zu schweigen von Ihren Kollegen und dem Portier des Krankenhauses.«

Nein, der Chirurg lachte nicht.

»Einen Augenblick. Bewegen Sie sich nicht«, sagte er, als er eine feine Sonde in die Wunde führte.

»Es ist furchtbarer, als Sie glauben.«

»Wie viele Einwohner hat Bergerac?«

»An die sechzehntausend. Für mich deutet alles darauf hin, daß der Verrückte einer höheren sozialen Schicht angehört. Und sogar ...«

»Die Nadel allerdings«, murmelte Maigret und schnitt ein Gesicht, weil der Chirurg ihm weh tat.

»Was meinen Sie damit?«

»Daß diese zweimal hintereinander genau ins Herz gebohrte Nadel beweist, daß der Täter einige anatomische Kenntnisse haben muß.«

Schweigen.

Der Chirurg machte ein sorgenvolles Gesicht. Er legte den Verband wieder um Maigrets Schulter und Oberkörper.

»Sie sagten, Sie würden lieber in ein Hotelzimmer übersiedeln?«

»Ja. Ich werde meine Frau dorthin kommen lassen.«

»Wollen Sie sich mit dieser Affäre befassen?«

»Und ob ich will!«

Regen hätte genügt, um alles zu verderben, aber mindestens vierzehn Tage lang fiel kein Tropfen.

Und Maigret zog in das schönste Zimmer des ›Hôtel d'Angleterre‹ im ersten Stock. Sein Bett wurde dicht an die Fenster geschoben, so daß er den großen Platz überblicken konnte, wo er sah, wie der Schatten von der einen Häuserreihe zu der auf der gegenüberliegenden Seite wanderte.

Madame Maigret fand sich mit der Situation ab, wie sie sich mit allem abfand: ohne Erstaunen und ohne Erregung. Kaum war sie eine Stunde in dem Zimmer, da wurde es schon ihr Zimmer, dem sie ihre persönliche Note aufprägte.

Vor zwei Tagen war es gewiß genauso gewesen, als

sie am Bett ihrer Schwester im Elsaß saß, die ein Kind bekommen hatte.

»Ein kräftiges Mädchen. Du hättest es sehen sollen. Es wiegt fast fünf Kilo.«

»Was darf er essen, Doktor?« fragte sie den Chirurgen. »Eine gute Hühnerbrühe? Aber eins müssen Sie ihm verbieten: daß er Pfeife raucht. Und mit dem Bier ist es das gleiche. In einer Stunde wird er mich darum bitten.«

Die Tapete war rot-grün gestreift, ein grelles Rot, ein schreiendes Grün. Lange Streifen, die sich im Sonnenlicht nach Kräften bissen.

Und die schäbigen kleinen Hotelmöbel aus lackiertem Pechkiefernholz standen nicht gerade fest auf ihren allzu dünnen Beinen.

Ein riesiges Zimmer mit zwei Betten und einem zweihundert Jahre alten Kamin, in den man einen billigen Heizkörper eingebaut hatte.

»Ich möchte bloß wissen, warum du dem Mann nachgesprungen bist. Wenn du nun unter die Räder des Zuges gekommen wärst ... Ach, da fällt mir etwas ein. Ich werde dir eine Zitronencreme machen. Ich hoffe, sie lassen mich die Küche benutzen.«

Maigret träumte jetzt seltener. Selbst wenn er die Augen schloß, weil die Sonne ihn blendete, hatte er fast klare Gedanken.

Aber er beschäftigte sich weiter mit Personen, die seine Phantasie geschaffen oder rekonstruiert hatte.

»Das erste Opfer. Die Bäuerin. Verheiratet? Kinder?«

»Verheiratet mit dem Sohn des Bauern. Aber sie verstand sich nicht sehr gut mit ihrer Schwiegermutter, die ihr vorwarf, zu kokett zu sein, und daß sie beim Melken der Kühe seidene Unterwäsche trug.«

Geduldig und liebevoll, wie ein Maler ein Bild, entwarf Maigret dann in seinem Innern ein Porträt der Bäuerin, die er sich gut gewachsen, gut gewaschen, reizvoll vorstellte und die in das Haus ihrer Schwiegereltern moderne Ideen brachte und sich Kataloge aus Paris kommen ließ. Sie kam aus der Stadt zurück, und er sah die Straße deutlich vor sich. Sie ähnelten einander alle wegen der großen Bäume, die sie auf beiden Seiten beschatteten, und dem kreidigen weißen Boden, der bei dem leisesten Sonnenstrahl flimmerte.

Dann das Mädchen auf seinem Fahrrad.

Hatte es einen Liebhaber?

»Davon hat niemand etwas gehört. Jedes Jahr fuhr sie in den Ferien für vierzehn Tage zu einer Tante nach Paris.«

Das Bett war feucht. Der Chirurg kam zweimal täglich. Nach dem Mittagessen kam Leduc in seinem Ford angefahren, und Maigret hörte die ungeschickten Parkmanöver draußen unter einem Fenster.

Am dritten Morgen kam auch er mit einem Strohhut wie der Polizeikommissar.

Der Staatsanwalt machte einen Besuch. Er hielt Frau Maigret für das Mädchen und reichte ihr seinen Stock und seinen steifen Hut.

»Sie entschuldigen doch hoffentlich die Verwechslung. Aber da Sie keine Papiere auf sich hatten ...«

»Ja, meine Brieftasche ist verschwunden. Aber nehmen Sie doch bitte Platz, Herr Staatsanwalt.«

Er hatte immer noch etwas Aggressives. Er konnte nichts dafür. Es kam von seiner kurzen, runden Nase und seinem steifgebürsteten Schnurrbart.

»Diese Angelegenheit ist sehr beklagenswert und bedroht die Ruhe einer so schönen Gegend. Wenn so etwas in Paris passiert, wo das Laster sozusagen zu Haus ist ... Aber hier ...«

Herr im Himmel! Auch er hatte dichte Brauen. Wie der Bauer. Wie der Arzt. Dichte graue Brauen, ähnlich denen, die Maigret unwillkürlich dem Mann im Zug zuschrieb.

Und einen Stock mit einem geschnitzten Elfenbeinknauf.

»Nun, ich hoffe, Sie erholen sich schnell wieder und behalten keine zu schlechte Erinnerung an unsere Gegend.«

Es war nur ein Höflichkeitsbesuch. Er hatte es eilig, wieder wegzukommen.

»Sie haben einen ausgezeichneten Arzt. Er ist Schüler von Martel. Schade nur, daß im übrigen ...«

»Was im übrigen?«

»Ach, ich hatte nur laut gedacht. Beunruhigen Sie sich nicht. Auf bald. Ich werde mich jeden Tag erkundigen, wie es Ihnen geht.«

Maigret aß seine Zitronencreme, die ein Meisterwerk war. Aber er litt darunter, den Duft von Trüffeln zu riechen, der aus dem Speisesaal heraufstieg.

»Es ist einfach nicht zu glauben«, sagte seine Frau. »Hier servieren sie Trüffeln wie anderswo Pommes frites. Man könnte glauben, sie kosten nur zwei Sous. Selbst bei dem Menü für fünfzehn Franc ...«

Und wieder erschien Leduc.

»Setz dich. Etwas Creme? Nein? Was weißt du von dem Privatleben meines Arztes, dessen Namen ich nicht einmal weiß?«

»Dr. Rivaud. Ich weiß nicht viel von ihm. Er lebt mit seiner Frau und seiner Schwägerin zusammen. Die Leute hier behaupten, seine Schwägerin sei ebenso seine Frau wie die andere. Aber ...«

»Und der Staatsanwalt?«

»Monsieur Duhourceau? Hat man dir schon gesagt ...«

»Was ist denn mit ihm?«

»Seine Schwester, die die Witwe eines Schiffskapitäns ist, ist verrückt. Andere behaupten, er habe sie ihres Vermögens wegen in eine Anstalt sperren lassen.«

Maigret frohlockte. Sein ehemaliger Kollege blickte ihn verblüfft an, wie er dort im Bett saß und mit halb zugekniffenen Augen auf den Platz blickte.

»Und weiter?«

»Nichts. In Kleinstädten ...«

»Nun, mein lieber Leduc, dies ist nicht irgendeine Kleinstadt. Dies ist eine Kleinstadt, in der es einen Verrückten gibt.«

Das Seltsamste war, daß Leduc wirkliche Besorgnis bekundete.

»Ein Verrückter auf freiem Fuß. Ein Verrückter, der nur zeitweilig verrückt ist und ansonsten seinen Geschäften nachgeht und redet wie du und ich.«

»Ist es deiner Frau hier nicht zu langweilig?«

»Sie stellt in der Küche alles auf den Kopf. Sie gibt

dem Koch Rezepte und schreibt sich die ab, die sie von ihm bekommt. Vielleicht ist der Koch der Verrückte.«

Es ist ein wahrer Rausch, dem Tode entgangen zu sein, rekonvaleszent zu sein, verwöhnt zu werden, besonders in einer so unwirklichen Atmosphäre. Und dennoch sein Gehirn arbeiten zu lassen aus purem Vergnügen. Eine Gegend, eine Stadt von seinem Bett, von seinem Fenster aus zu studieren.

»Gibt es hier eine Stadtbibliothek?«

»Klar!«

»Würdest du so nett sein, mir von dort alles, was du über Geisteskranke, Perverse und Besessene finden kannst, zu bringen? Ach, und bring mir doch auch das Telefonbuch herauf. Sehr aufschlußreich, solch ein Telefonbuch. Frage unten, ob ihr Apparat eine lange Schnur hat und ob man ihn mir hin und wieder heraufbringen kann.«

Maigret wurde von neuem schläfrig. Es war wie ein Fieber, das in ihm aufstieg und gegen das er sich nicht zu wehren vermochte.

»Übrigens, morgen wirst du hier zu Mittag essen. Es ist Samstag und ...«

»Und ich muß eine Ziege kaufen«, vollendete Leduc den Satz und sah sich nach seinem Strohhut um.

Als er hinausging, hatte Maigret schon die Augen geschlossen, und ein regelmäßiger Atem kam aus seinem halbgeöffneten Mund.

Im Flur des Erdgeschosses begegnete der pensionierte Kommissar Dr. Rivaud. Er nahm ihn beiseite und zögerte lange, ehe er murmelte:

»Sind Sie sicher, daß diese Verletzung sich nicht auf – die Intelligenz meines Freundes ausgewirkt hat? Zumindest auf ... Ich weiß nicht, wie ich es sagen soll. Verstehen Sie mich?«

Der Arzt machte eine vage Handbewegung.

»Ist er für gewöhnlich ein intelligenter Mensch?«

»Ein sehr intelligenter. Er wirkt nicht immer so, aber ...«

»Ach!«

Und der Chirurg ging mit nachdenklicher Miene die Treppe hinauf.

3

Die Fahrkarte zweiter Klasse

Maigret hatte Paris am Dienstagnachmittag verlassen. In der Nacht wurde in der Nähe von Bergerac ein Schuß auf ihn abgegeben. Den Donnerstag und Freitag verbrachte er im Krankenhaus. Sonntag kam seine Frau aus dem Elsaß, und Maigret zog mit ihr in das große Zimmer im ersten Stock des ›Hôtel d'Angleterre‹.

Am Montag sagte Madame Maigret plötzlich: »Warum bist du nicht mit deinem Freifahrschein gereist?«

Es war vier Uhr nachmittags. Madame Maigret, die nie lange stillsitzen konnte, räumte zum drittenmal das Zimmer auf.

Die hellen Stores vor den Fenstern waren bis zu halber Höhe heruntergelassen, und hinter ihren hellen Flächen drangen die Geräusche geschäftigen Lebens herauf.

Maigret, der eine seiner ersten Pfeifen rauchte, blickte seine Frau erstaunt an: Es schien ihm, daß sie, während sie auf seine Antwort wartete, es vermied, ihn anzuschauen, und daß sie verlegen war.

Die Frage war albern. Wie alle Kommissare der mobilen Brigade besaß er natürlich eine Freifahrkarte erster Klasse, die ihm erlaubte, in ganz Frankreich herumzureisen. Er hatte sie auf seiner Fahrt von Paris hierher benutzt.

»Komm, setz dich her«, sagte er.

Und er sah, daß seine Frau zögerte. Er zwang sie fast, sich auf die Bettkante zu setzen.

»Erzähle.«

Er blickte sie verschmitzt an, und sie wurde noch verlegener.

»Es war verkehrt von mir, daß ich dir die Frage gestellt habe. Ich habe es nur getan, weil du bisweilen so merkwürdig bist.«

»Du auch.«

»Wie meinst du das?«

»Weil alle mich merkwürdig finden und im Grunde nicht ganz an meine Geschichte aus dem Zug glauben. Und nun ...«

»Ja, und nun ... Vorhin habe ich im Flur vor unserer Tür, als ich die Matte verrückte, dies hier gefunden.«

Obwohl sie im Hotel wohnte, trug sie eine Schürze, um sich ein wenig wie zu Hause zu fühlen, wie sie sagte. Sie zog ein kleines Pappstück aus der Tasche. Es war eine Fahrkarte zweiter Klasse Paris–Bergerac mit dem Datum des letzten Mittwochs.

»Neben der Matte«, wiederholte Maigret. »Nimm ein Blatt Papier und einen Bleistift.«

Sie gehorchte, ohne zu verstehen, was das sollte, und feuchtete die Bleistiftspitze mit der Zunge an.

»Schreib! Erstens: Der Hotelbesitzer ist um neun Uhr morgens erschienen, um sich nach meinem Befinden zu erkundigen. Dann ist kurz vor zehn der Chirurg gekommen. Setze die Namen untereinander ... Der Staatsanwalt war gegen Mittag hier, und der Polizeikommissar ist in dem Augenblick eingetreten, als der Staatsanwalt ging.«

»Da ist auch noch Leduc«, wagte Madame Maigret zu bemerken.

»Richtig. Füge Leduc hinzu. Sind das alle? Außer ihnen hätte natürlich irgendein Angesteller des Hotels oder irgendein Reisender die Fahrkarte im Flur haben fallen lassen können.«

»Nein.«

»Warum nein?«

»Weil der Flur nur zu diesem Zimmer führt. Oder aber es wäre jemand gewesen, der an der Tür lauschen wollte.«

»Laß mich mit dem Bahnhofsvorsteher verbinden.«

Maigret kannte weder die Stadt noch den Bahnhof und auch sonst nichts in der Stadt, wovon die Leute sprachen. Und dennoch hatte er in seinem Inneren schon ein ziemlich vollständiges Bild von Bergerac.

In einem Reiseführer hatte er einen Plan der Stadt gefunden. Nun, er wohnte mitten in ihrem Zentrum. Der Platz, den er von seinem Bett aus sah, war der Marktplatz, das Gebäude rechts das Gericht.

In dem Reiseführer hieß es: ›Hôtel d'Angleterre‹, Erstes Haus am Platz. Zimmer ab fünfundzwanzig Franc. Bad. Menüs von fünfzehn bis achtzehn Franc. Spezialität: Trüffeln, Gänseleber, Geflügelsülze, Dordognelachs.

Die Dordogne floß unsichtbar hinter Maigret, aber er verfolgte ihren Lauf mit Hilfe einer Reihe von Ansichtskarten. Auf einer weiteren Ansichtskarte sah er den Bahnhof. Er wußte, daß das ›Hôtel de France‹ auf der anderen Seite des Platzes das Konkurrenzunternehmen des ›Hôtel d'Angleterre‹ war.

Und er stellte sich die Straßen vor, die zu den Landstraßen führten, wie jene, über die er mit wankenden Schritten gegangen war.

»Der Bahnhofsvorsteher ist am Apparat.«

»Frag ihn, ob am Donnerstagmorgen Reisende aus dem Pariser Zug gestiegen sind.«

»Er sagt nein.«

Es hatte wenig Zweifel, daß die Fahrkarte dem Mann gehörte, der kurz vor Bergerac aus dem fahrenden Zug gesprungen war und auf den Kommissar geschossen hatte.

»Weißt du, was du tun könntest? Geh dir mal das Haus von Monsieur Duhourceau, dem Staatsanwalt, und das des Chirurgen ansehen.«

»Warum?«

»Nur um mir zu berichten, was du dort siehst.«

Er blieb allein und nutzte die günstige Gelegenheit, um noch ein paar Pfeifen mehr zu rauchen, als ihm erlaubt war. Es dämmerte allmählich, und der große Platz war in ein rötliches Licht getaucht. Die Handelsreisenden kamen einer nach dem anderen von ihrer Tour zurück und parkten ihre Autos vor dem Hotel. Man hörte unten das Klicken aufeinanderprallender Billardkugeln.

In dem hellen Saal, in den der Wirt in weißer Kochmütze hin und wieder einen Blick warf, war jetzt die Stunde des Aperitifs.

Warum ist der Mann aus dem fahrenden Zug gesprungen, auf die Gefahr hin, dabei zu Tode zu kommen, und warum hat er, als er sich verfolgt sah, geschossen?

Jedenfalls kannte der Mann die Strecke, denn er war genau in dem Augenblick hinausgesprungen, als der Zug das Tempo verlangsamte. Wenn er nicht erst am Bahnhof ausgestiegen war, dann, weil die Beamten ihn kannten.

Was aber noch kein ausreichender Beweis dafür war, daß er der Mörder der Bäuerin und der Tochter des Bahnhofsvorstehers war.

Maigret mußte an die Unruhe seines Reisegefährten denken, seinen unregelmäßigen Atem, sein Schweigen, dem immer wieder ein verzweifelter Seufzer folgte.

›Um diese Zeit ist Duhourceau bestimmt zu Hause in seinem Arbeitszimmer und liest die Pariser Zeitungen oder studiert Akten. Der Chirurg macht in Begleitung der Krankenschwester Visite in den Krankensälen. Der Polizeikommissar ...‹

Maigret hatte es nicht eilig. Sonst brannte er am Anfang einer Untersuchung immer vor Ungeduld, handelte wie im Rausch. Die Ungewißheit bedrückte ihn, und er fand erst wieder seinen inneren Frieden, wenn er die Wahrheit zu ahnen begann.

Diesmal war es umgekehrt, vielleicht seines Zustands wegen.

Hatte ihm der Arzt nicht gesagt, daß er vierzehn Tage liegen und auch dann noch sehr vorsichtig sein müsse?

Er hatte Zeit. Er konnte viele Tage damit totschlagen, daß er sich von seinem Bett aus ein möglichst lebendiges Bergerac rekonstruierte, in dem er jedem den ihm gebührenden Platz zuwies.

›Ich werde läuten müssen, damit jemand Licht macht.‹

Aber er war so träge, daß er es nicht tat, und als seine Frau zurückkam, fand sie ihn im stockdunklen Zimmer vor. Das Fenster stand immer noch offen und ließ die kühle Abendluft eindringen. Die Laternen zeichneten eine Lichtgirlande um den Platz.

»Willst du dir auch noch eine Lungenentzündung holen? Wie kann man um diese Zeit bei offenem Fenster liegen, wenn man ...«

»Nun, und?«

»Was und? Ich habe die Häuser gesehen. Ich verstehe übrigens nicht, was das soll.«

»Berichte!«

»Monsieur Duhourceau wohnt auf der anderen Seite des Gerichtsgebäudes an einem Platz, der fast ebenso groß ist wie dieser hier. Ein geräumiges Haus mit zwei Stockwerken. Im ersten befindet sich ein Steinbalkon. Dort ist gewiß sein Arbeitszimmer, denn das Zimmer war erleuchtet. Ich habe einen Diener gesehen, der die Läden im Erdgeschoß schloß.«

»Wirkt das Haus freundlich?«

»Nun, es ist wie alle diese großen Häuser. Eher düster. Und an jedem Fenster sind dunkelrote Samtvorhänge, die bestimmt viel gekostet haben. Ein seidenweicher Samt, der in üppigen Falten fällt.«

Maigret war entzückt. Mit kleinen Pinselstrichen

korrigierte er das Bild, das er sich von dem Haus gemacht hatte. »Und der Diener?«

»Was soll mit ihm sein?«

»Trägt er eine gestreifte Weste?«

»Ja.«

Und Maigret hätte am liebsten gejubelt: ein behäbiges, vornehmes Haus mit kostbaren Samtvorhängen, einem Steinbalkon und antiken Möbeln. Ein Diener in gestreifter Weste und der Staatsanwalt in schwarzem Jackett, grauer Hose und Lackschuhen. Die weißen Haare in gepflegtem Bürstenschnitt.

»Ja, es stimmt, er trägt Lackschuhe.«

»Lackschuhe mit Knöpfen. Sie sind mir gestern aufgefallen.«

Der Mann in dem Zug trug ebenfalls Lackschuhe. Aber hatten sie Knöpfe, oder waren es Schnürschuhe?

»Und das Haus des Arztes?«

»Es steht fast am Ende der Stadt. Eine Villa, wie man sie am Meer sieht.«

»Ein englisches Landhaus?«

»Ja, genau. Mit einem niedrigen Dach, einem Rasen, Blumen, einer hübschen Garage, weißem Kies auf den Wegen, grüngestrichenen Läden, einer Laterne aus Schmiedeeisen. Die Vorhänge waren nicht geschlossen. Ich habe seine Frau gesehen, die im Salon stickte.«

»Und die Schwägerin?«

»Sie ist mit dem Arzt im Auto zurückgekommen. Sie ist sehr jung, sehr hübsch, sehr gut angezogen. Man würde nicht glauben, daß sie in einer Kleinstadt lebt. Sie läßt sich ihre Kleider bestimmt aus Paris kommen.«

Was hatte das alles mit einem Wahnsinnigen zu tun, der Frauen auf der Landstraße überfiel, sie erdrosselte und ihnen dann eine Nadel ins Herz bohrte?

Maigret bemühte sich nicht dahinterzukommen. Er begnügte sich damit, die Leute an ihren Platz zu stellen.

»Bist du jemandem begegnet?«

»Niemandem, den ich kenne. Die Leute hier scheinen abends kaum auszugehen.«

»Gibt es ein Kino in der Stadt?«

»In einer kleinen Gasse habe ich eines gesehen. Es läuft dort ein Film, den ich schon vor drei Jahren in Paris gesehen habe.«

Leduc kam gegen zehn Uhr morgens, ließ seinen alten Ford vor dem Hotel stehen und klopfte kurz darauf an Maigrets Tür. Dieser trank gerade eine Tasse Bouillon, die seine Frau ihm eigenhändig in der Küche bereitet hatte.

»Wie geht's?«

»Setz dich. Nein, nicht in die Sonne. Dann kann ich den Platz nicht sehen.«

Seit Leduc pensioniert war, war er dicker geworden, und er wirkte sanfter und furchtsamer als früher.

»Was wird dir deine Köchin heute zum Mittagessen kochen?«

»Lammkoteletts mit Rahm. Ich soll nur ziemlich leichte Sachen essen.«

»Sag mal, warst du kürzlich in Paris?«

Madame Maigret wandte lebhaft den Kopf, überrascht von dieser unvermittelten Frage, und Leduc wurde verlegen und blickte seinen Kollegen vorwurfsvoll an.

»Was willst du damit sagen? Du weißt doch, daß ...«

Natürlich, Maigret wußte genau, daß ... Aber er musterte seinen Kollegen, der einen kleinen rötlichen Schnurrbart hatte. Er musterte seine Füße, die in Jagdstiefeln aus grobem Leder steckten.

»Unter uns, was für Liebesabenteuer hast du hier?«

»Aber sei doch still«, fiel ihm Madame Maigret ins Wort.

»Ich denke nicht daran. Das ist eine sehr wichtige Frage. Auf dem Land wird es einem nicht so leichtgemacht wie in der Stadt. Wie alt ist deine Köchin?«

»Fünfundsechzig. Du siehst, ich ...«

»Und sonst hast du niemanden?«

Das Peinlichste war vielleicht der Ernst, mit dem Maigret diese Fragen stellte, die man sonst leichthin oder ironisch äußert.

»Kein Bauernmädchen aus der Gegend?«

»Da ist noch ihre Nichte, die ihr manchmal hilft.«

»Sechzehn Jahre? Achtzehn?«

»Neunzehn. Aber ...«

»Und du – ihr ...«

Leduc wußte nicht mehr, wie er sich verhalten sollte, und Madame Maigret, der es noch peinlicher war als ihm, verdrückte sich in eine Ecke des Zimmers.

»Du bist indiskret!«

»Mit anderen Worten, es ist so? Na also, mein Lieber.«

Maigret schien nicht weiter darüber nachzudenken und murmelte ein paar Augenblicke später:

»Duhourceau ist nicht verheiratet. Hat er ...«

»Man merkt doch, daß du aus Paris kommst. Du sprichst von diesen Dingen, als wären sie die selbstverständlichsten der Welt. Glaubst du, der Staatsanwalt erzählt jedermann von seinen Liebesabenteuern?«

»Aber da man hier alles weiß, bin ich überzeugt, daß du darüber im Bilde bist.«

»Ich weiß nur, was man erzählt.«

»Na also.«

»Monsieur Duhourceau fährt ein- oder zweimal in der Woche nach Bordeaux, und dort ...«

Maigret hörte nicht auf, seinen Kollegen zu mustern, und ein seltsames Lächeln spielte um seine Lippen. Er hatte einen anderen Leduc gekannt, der seine Worte nicht so vorsichtig wählte, nicht diese provinzielle Zurückhaltung und Ängstlichkeit zeigte.

»Weißt du, was du tun solltest, da du dich nach Belieben umherbewegen kannst? Du solltest einmal nachforschen, wer am letzten Mittwoch nicht in der Stadt war. Warte! Vor allem interessieren mich Dr. Rivaud, der Staatsanwalt, der Polizeikommissar, du und ...«

Leduc hatte sich erhoben. Beleidigt musterte er seinen Strohhut, wie jemand, der ihn demnächst mit knapper Bewegung aufsetzen und gehen will.

»Nein, jetzt reicht's mir. Ich weiß nicht, was mit dir ist. Seit dieser Verletzung bist du – so sonderbar. Kannst du dir vorstellen, daß ich in einer kleinen Stadt wie dieser, in der sich alles sofort herumspricht, Nachforschungen über den Staatsanwalt anstelle und über den Polizeikommissar? Ich, der ich nicht mehr im Dienst bin! Ganz zu schweigen von deinen – Verdächtigungen!«

»Setz dich, Leduc.«

»Ich habe nicht mehr viel Zeit.«

»Setz dich, sage ich dir. Du wirst es gleich verstehen. Es gibt hier in Bergerac einen Herrn, der im alltäglichen Leben völlig normal wirkt und der zweifellos irgendeinen Beruf ausübt. Und dieser Mann wird plötzlich, wenn er unter Triebschub steht ...«

»Und du zählst mich zu den möglichen Mördern. Glaubst du, ich hätte den Sinn deiner Frage nicht verstanden? Dein Verlangen, zu erfahren, ob ich eine Geliebte habe. Nicht wahr, du sagst dir, ein Mann, der keine Frau hat, läßt sich eher dazu hinreißen ...« Er wurde ernstlich böse. Er war dunkelrot, und seine Augen funkelten. »Die Staatsanwaltschaft befaßt sich mit dieser Affäre ebenso wie die Ortspolizei. Mich geht sie nichts an. Und wenn du dich in etwas einmischen willst, das ...«

»Das mich nichts angeht ... Aber nimm einmal an, morgen, in zwei Tagen, in drei oder acht findet man deine kleine neunzehnjährige Freundin mit einer Nadel im Herzen ...«

Kaum hatte er das gesagt, griff Leduc nach dem Hut und setzte ihn sich so heftig auf den Kopf, daß das Stroh knisterte. Dann ging er hinaus und schlug die Tür laut hinter sich zu.

Madame Maigret, die nur darauf gewartet hatte, kam nervös und beunruhigt aus ihrer Ecke.

»Was hat Leduc dir getan? Ich habe dich selten jemanden so scheußlich behandeln sehen. Daß du sogar ihn verdächtigst ...«

»Weißt du, was du tun solltest? Gleich oder morgen wird er wiederkommen, und ich bin davon überzeugt, daß er sich entschuldigen wird, daß er so weggegangen ist. Nun, ich möchte dich bitten, bei ihm in seinem Haus einmal zu Mittag zu essen.«

»Ich? Aber ...«

»Wenn du jetzt sehr nett sein willst, stopf mir eine Pfeife und schüttle meine Kissen etwas auf.«

Als eine halbe Stunde später der Arzt eintrat, lächelte Maigret beglückt, und er fragte Rivaud heiter: »Was hat er Ihnen gesagt?«

»Wer?«

»Mein Kollege Leduc. Er ist beunruhigt. Er hat Sie bestimmt gebeten, mich auf meinen Geisteszustand hin zu untersuchen. Nein, Doktor, ich bin nicht verrückt, aber ...«

Er verstummte, denn der Arzt schob ihm ein Thermometer in den Mund. Während seine Temperatur gemessen wurde, nahm der Chirurg den Verband ab und betrachtete die Wunde, die nur langsam vernarbte.

»Sie bewegen sich viel zuviel. 38,7. Ich brauche Sie erst gar nicht zu fragen, ob Sie geraucht haben. Die Luft ist hier zum Schneiden dick.«

»Sie sollten ihm das Pfeifenrauchen ganz verbieten«, fiel Madame Maigret ein.

Aber ihr Mann unterbrach sie: »Können Sie mir sagen, in welchen Zeitabständen die Verbrechen unseres Irren begangen worden sind?«

»Warten Sie ... Das erste ist vor einem Monat begangen worden. Das zweite eine Woche später. Dann der fehlgeschlagene Mordanschlag am Freitag darauf und ...«

»Wissen Sie, was ich glaube, Doktor? Es ist sehr wahrscheinlich, daß bald ein neuer Überfall erfolgen wird. Ich sollte lieber sagen, wenn es nicht dazu kommt, dann nur darum, weil der Mörder spürt, daß er überwacht wird. Und wenn es dazu kommt ...«

»Was dann?«

»Nun, man könnte die Sache so aufklären, daß man einen nach dem anderen als möglichen Täter ausschließt. Nehmen wir einmal an, Sie sind im Augenblick des Verbrechens in diesem Zimmer. Dann scheiden Sie als Täter aus. Nehmen wir an, der Staatsanwalt ist in Bordeaux, der Polizeikommissar in Paris oder anderswo, mein Freund Leduc irgendwo sonst weit weg ...«

Der Arzt blickte Maigret starr an.

»Kurz, Sie schränken den Kreis der möglichen Täter ein.«

»Nein, der wahrscheinlichen.«

»Das ist dasselbe. Sie beschränken ihn auf die kleine Gruppe, die Sie bei Ihrem Erwachen nach der Operation an Ihrem Bett gesehen haben.«

»Das stimmt nicht ganz, denn ich habe den Protokollführer nicht mit eingeschlossen. Ich beschränke den Kreis auf die Personen, die mich gestern besucht haben und die versehentlich eine Eisenbahnfahrkarte haben fallen lassen können. Übrigens, wo waren Sie am letzten Mittwoch?«

»Am Mittwoch?«

Der Arzt kramte verwirrt in seinem Gedächtnis. Er war ein junger, dynamischer, ehrgeiziger, eleganter Vertreter seines Berufsstandes.

»Ich glaube ... Warten Sie ... Ich bin nach La Rochelle gefahren, um ...«

Aber das Lächeln des Kommissars ließ ihn verstummen.

»Muß ich dies als ein Verhör betrachten? In diesem Fall möchte ich Sie darauf aufmerksam machen, daß ...«

»Beruhigen Sie sich. Bedenken Sie, ich führe sonst ein sehr tätiges Leben und habe den ganzen Tag nichts zu tun. Und so erfinde ich kleine Spiele, zu meinem Vergnügen. Das Spiel des Irren. Nichts hindert einen Arzt, verrückt zu sein. Es heißt sogar, die Irrenärzte seien fast alle ihre besten Patienten. Nichts hindert auch einen Staatsanwalt daran ...«

Und Maigret hörte, wie der Arzt seine Frau leise fragte: »Hat er nichts getrunken?«

Das Schönste war, daß sie, als Dr. Rivaud gegangen war, mit vorwurfsvollem Blick an sein Bett trat und sagte:

»Weißt du eigentlich, was du tust? Wirklich, ich verstehe dich nicht mehr. Die Leute werden schließlich glauben, du bist verrückt. Der Arzt hat nichts gesagt, dafür ist er zu gut erzogen. Aber ich habe gespürt, daß ... Was reizt dich so zum Lachen?«

»Nichts. Die Sonne. Diese roten und grünen Streifen auf der Tapete. Die Frauen, die auf dem Platz tratschen. Der kleine zitronengelbe Wagen, der wie ein dickes Insekt aussieht. Und der Geruch von Gänseleber. Eine Oase des Friedens. Nur, es gibt da diesen Irren ... Sieh mal das hübsche Mädchen, das dort vorübergeht, das mit den runden Waden der Bergbewohner und den kleinen birnenförmigen Brüsten. Vielleicht wird sie diejenige sein, die der Irre ...«

Madame Maigret blickte ihm in die Augen und merkte, daß er nicht mehr scherzte, daß er ganz ernst sprach und daß in seiner Stimme ein beklommener Ton mitschwang.

Er ergriff ihre Hand und fuhr fort:

»Siehst du, ich bin überzeugt, das ist noch nicht vorüber, und ich möchte um jeden Preis verhindern, daß ein schönes Mädchen, das heute noch voller Lebenslust steckt, an einem der nächsten Tage, von schwarz gekleideten Leuten geleitet, in einem Leichenwagen über diesen Platz gefahren wird. Es gibt einen Irren in dieser Stadt, in diesem Sonnenlicht. Einen Irren, der spricht, der lacht, der seiner Arbeit nachgeht.«

Und bettelnd murmelte er, wobei er die Augen halb schloß: »Gib mir trotzdem eine Pfeife!«

4

Das Treffen der Verrückten

Maigret hatte die Tageszeit gewählt, die ihm die liebste war: neun Uhr morgens. Die Sonne war dann noch nicht heiß, und das Leben auf dem Platz hob erst langsam an – mit einer Tür, die von einer Hausfrau geöffnet wurde, den ratternden Rädern eines Karrens, den Fensterläden, die schwungvoll aufgestoßen wurden –, um bis zum Mittag immer mehr zuzunehmen.

Von seinem Fenster aus konnte er an einer Platane einen der Zettel sehen, die er überall in der Stadt hatte anbringen lassen:

Am Mittwoch um neun Uhr wird Kommissar Maigret im ›Hôtel d'Angleterre‹ jedem eine Prämie von hundert Franc zahlen, der ihm etwas über die Überfälle in Bergerac berichten kann, die das Werk eines Wahnsinnigen zu sein scheinen.

»Soll ich im Zimmer bleiben?« fragte Madame Maigret, die selbst im Hotel Mittel und Wege fand, ebensoviel zu arbeiten wie in ihrem Haushalt.

»Bleib nur hier.«

»Mir liegt nichts daran, und es wird im übrigen auch niemand kommen.«

Maigret lächelte. Es war erst halb neun, und während er seine Pfeife ansteckte und dem Brummen eines Motors lauschte, murmelte er: »Da kommt schon einer.«

Es war das vertraute Gebrumm des alten Ford, das man erkannte, sobald er die Brücke hinauffuhr.

»Warum war Leduc gestern nicht hier?«

»Wir hatten doch einen Wortwechsel, unsere Vorstellungen über den Verrückten von Bergerac gingen etwas auseinander. Trotzdem wird er gleich da sein.«

»Der Verrückte?«

»Leduc. Der Verrückte ebenfalls. Und vielleicht werden sogar mehrere Verrückte kommen. Das läßt sich fast mit Sicherheit voraussagen. Eine Mitteilung wie die da übt eine unwiderstehliche Anziehung auf alle Geistesgestörten, Nervenkranken, Phantasten, Epileptiker aus ... Tritt ein, Leduc.«

Leduc hatte nicht einmal die Zeit gehabt, an die Tür zu klopfen. Er machte ein leicht verlegenes Gesicht.

»Hast du gestern nicht kommen können?«

»Du mußt schon entschuldigen. Guten Tag, Madame Maigret. Ich mußte wegen eines geplatzten Wasserrohrs einen Klempner holen. Geht es dir besser?«

»Es geht. Mein Rücken ist immer noch stocksteif, aber abgesehen davon ... Hast du meine Mitteilung gesehen?«

»Was für eine Mitteilung?«

Er log. Maigret war nahe daran, es ihm zu sagen, aber er war dann doch nicht so grausam.

»Setz dich. Gib deinen Hut meiner Frau. In wenigen Minuten werden eine Menge Leute hier sein. Und ich lege meine Hand dafür ins Feuer, daß der Verrückte dabei ist.«

Es klopfte an die Tür. Dabei hatte niemand den Platz überquert. Gleich darauf trat der Besitzer des Hotels ein.

»Entschuldigen Sie. Ich wußte nicht, daß Sie Besuch hatten. Es ist wegen des Zettels ...«

»Haben Sie mir etwas mitzuteilen?«

»Ich? Nein. Wie kommen Sie auf den Gedanken? Wenn ich etwas mitzuteilen hätte, hätte ich es schon längst gesagt. Ich wollte nur wissen, ob man all jene, die sich einfinden werden, heraufkommen lassen soll.«

»Ja, natürlich.«

Und Maigret musterte ihn durch seine halbgeschlossenen Lider. Es wurde nachgerade eine Manie bei ihm, so die Augen zusammenzukneifen. Oder es kam daher, daß ihm dauernd die Sonne in die Augen schien.

»Sie können uns allein lassen.«

Kaum war der Wirt verschwunden, sagte Maigret zu Leduc:

»Auch ein merkwürdiger Mann. Sanguinisch, stark wie ein Baum, mit einer rosigen Haut, bei der man immer Angst hat, daß sie demnächst platzt.«

»Er ist auf einem Bauernhof in der Umgebung Knecht gewesen und hat die Bäuerin geheiratet. Er war zwanzig und sie fünfundvierzig.«

»Und dann?«

»Jetzt ist er bereits zum drittenmal verheiratet. Seine Frauen sterben alle.«

»Er wird gleich wiederkommen.«

»Warum?«

»Das weiß ich nicht, aber er wird wiederkommen, wenn alle hier sind. Er wird einen Vorwand finden. In diesem Augenblick verläßt der Staatsanwalt, gewiß schon im schwarzen Jackett, sein Haus. Und der Arzt, wette ich, rennt durch die Säle, um möglichst schnell mit seiner Morgenvisite fertig zu werden.«

Maigret hatte seinen Satz noch nicht ganz beendet, als man Monsieur Duhourceau aus einer Straße auftauchen und eiligen Schrittes den Platz überqueren sah.

»Jetzt sind es schon drei.«

»Wieso drei?«

»Der Staatsanwalt, der Wirt und du.«

»Fängst du schon wieder an? Hör mal, Maigret ...«

»Pst, pst. Mach Monsieur Duhourceau die Tür auf, er zögert, anzuklopfen.«

»Ich komme in einer Stunde wieder«, verkündete Madame Maigret, die ihren Hut aufgesetzt hatte.

Der Staatsanwalt verbeugte sich vor ihr und drückte dem Kommissar die Hand, ohne ihn dabei anzusehen.

»Man hat mir von Ihrem Experiment berichtet. Ich wollte vorher noch einmal mit Ihnen sprechen. Zunächst einmal möchte ich betonen, daß Sie auf eigene Faust handeln. Trotzdem wäre es mir lieb gewesen, wenn Sie mich vorher davon in Kenntnis gesetzt hätten, denn schließlich läuft eine Untersuchung.«

»Nehmen Sie bitte Platz. Leduc, nimm dem Herrn Staatsanwalt seinen Hut und Stock ab. Ich sagte gerade zu Leduc, Herr Staatsanwalt, daß der Mörder bestimmt gleich hier erscheinen wird ... Ach, da kommt ja auch der Kommissar. Er sieht auf die Uhr und wird sicherlich unten noch etwas trinken, bevor er heraufkommt.«

Das stimmte. Man sah den Kommissar das Hotel betreten, aber erst zehn Minuten später erschien er in dem Zimmer. Er schien verblüfft zu sein, den Staatsanwalt vorzufinden, entschuldigte sich und stammelte:

»Ich – habe es für – meine Pflicht gehalten ...«

»Aber sicher doch! Leduc, hol Stühle. Im Nebenzimmer sind gewiß welche. Und da kommen auch schon unsere ›Kunden‹. Nur will niemand der erste sein ...«

Drei oder vier Personen kamen tatsächlich über den Platz und blickten immer wieder zum Hotel hinüber. Man spürte, daß sie ihren ganzen Mut zusammennahmen. Aller Augen folgten dem Wagen des Arztes, der direkt vor dem Hoteleingang hielt.

Trotz der Frühlingssonne lag Spannung in der Luft. Der Arzt war wie die anderen betroffen, schon so viele Leute in dem Zimmer vorzufinden.

»Das ist ja ein wahrer Kriegsrat«, sagte er ironisch.

Und Maigret bemerkte, daß er schlecht rasiert und seine Krawatte weniger sorgfältig gebunden war als sonst.

»Glauben Sie, daß der Untersuchungsrichter ...«

»Er ist zu einem Verhör nach Saintes gefahren und wird vor heute abend nicht zurück sein.«

»Und sein Protokollführer?« fragte Maigret.

»Ich weiß nicht, ob er ihn mitgenommen hat. Oder vielmehr ... Ach, da kommt er gerade aus seinem

Haus. Er wohnt nämlich genau gegenüber dem Hotel im ersten Stock des Hauses mit den blauen Läden.«

Schritte auf der Treppe. Die Schritte mehrerer Personen. Dann Flüstern.

»Mach auf, Leduc.«

Diesmal war es eine Frau, die aber nicht von draußen kam. Es war das Zimmermädchen, das fast das Opfer des Verrückten geworden wäre und das nach wie vor im Hotel arbeitete. Ein Mann folgte ihr schüchtern und verlegen.

»Das ist mein Verlobter. Er arbeitet in der Autowerkstatt. Er wollte nicht, daß ich komme, weil er behauptet, je weniger man darüber spricht ...«

»Treten Sie ein. Sie auch, junger Mann. Und Sie ebenfalls, Monsieur.«

Denn der Besitzer des Hotels stand auf dem Treppenabsatz mit seiner weißen Kochmütze in der Hand.

»Ich wollte nur wissen, ob meine Angestellte ...«

»Treten Sie ein! Treten Sie ein! Und Sie, wie heißen Sie?«

»Rosalie, Monsieur. Nur, ich weiß nicht, wie es mit der Prämie ist, weil ich doch schon alles gesagt habe, was ich weiß.«

Und der Verlobte brummte wütend, ohne jemanden anzublicken:

»Wenn das überhaupt stimmt.«

»Natürlich stimmt es. Ich hätte doch so etwas nicht erfunden ...«

»Hast du die Geschichte von dem Gast, der dich heiraten wollte, nicht auch erfunden, und als du mir erzählt hast, deine Mutter sei von Zigeunern entführt worden?«

Das Mädchen kochte vor Wut, ließ sich aber trotzdem nicht aus der Ruhe bringen. Es war ein kräftiges, dralles Bauernmädchen. Sobald sie sich ein bißchen erregte, gerieten ihr die Haare in Unordnung, wie nach einem Kampf, und als sie die Arme hob, um ihre Frisur in Ordnung zu bringen, wurde das rötliche Haar in ihren feuchten Achselhöhlen sichtbar.

»Ich habe gesagt, was ich gesagt habe. Man hat mich von hinten überfallen, und ich habe eine Hand an meinem Kinn gefühlt. Da habe ich mit aller Kraft zugebissen. Er hatte übrigens einen goldenen Ring am Finger.«

»Haben Sie den Mann nicht gesehen?«

»Er ist sofort in den Wald geflüchtet. Ich habe ihn nur von hinten gesehen, und ich hatte Mühe, mich wieder zu erheben, da ...«

»Sie sind also nicht in der Lage, ihn wiederzuerkennen. Das haben Sie doch wohl dem Untersuchungsrichter erklärt?«

Rosalie schwieg, aber es lag etwas Drohendes in ihrem Gesichtsausdruck.

»Würden Sie den Ring wiedererkennen?«

Maigrets Blick schweifte über alle Hände, über die dicken Hände Leducs, der einen schweren Siegelring trug, über die feinen und langen des Arztes, der nur einen Trauring am Finger stecken hatte, und schließlich über die noch sehr blassen faltigen des Staatsanwalts, der sein Taschentuch aus der Tasche gezogen hatte.

»Es war ein goldener Ring.«

»Und Sie haben keine Idee, wer der Mann sein könnte?«

»Monsieur, ich versichere Ihnen ...«, begann stokkend der Bräutigam, dessen Stirn mit Schweiß bedeckt war.

»Nun, sagen Sie, was Sie auf dem Herzen haben!«

»Ich möchte nicht, daß ein Unglück passiert. Rosalie ist ein braves Mädchen. Das kann sie ruhig hören. Aber sie träumt jede Nacht. Manchmal erzählt sie mir ihre Träume. Und ein paar Tage später dann glaubt sie an das, was sie geträumt hat. Genauso geht es ihr mit den Romanen, die sie liest.«

»Stopf mir bitte eine Pfeife, Leduc.«

Unter den Fenstern sah Maigret jetzt eine Gruppe von etwa zehn Personen, die halblaut beratschlagten.

»Also, Rosalie, Sie haben doch eine Vermutung.«

Das Mädchen schwieg. Aber ihr Blick ruhte eine Sekunde lang auf dem Staatsanwalt, und Maigret bemerkte wieder einmal die schwarzen Lackschuhe mit Knöpfen.

»Gib ihr ihre hundert Franc, Leduc. Entschuldige, daß ich dich als Sekretär benutze ... Sind Sie mit ihr zufrieden, Herr Wirt?«

»Als Zimmermädchen ist nichts gegen sie zu sagen.«

»Nun, dann sollen die nächsten eintreten.«

Der Protokollführer war in das Zimmer geschlüpft und lehnte mit dem Rücken an der Wand.

»Sie sind auch schon da? Aber setzen Sie sich doch.«

»Ich habe nur wenig Zeit«, murmelte der Arzt, der seine Uhr aus der Tasche zog.

»Ach, es wird schon nicht so lange dauern.«

Und Maigret steckte seine Pfeife an, sah, wie die Tür sich öffnete und ein junger Mann in zerlumpter Kleidung mit flachsfarbenem Haar und verklebten Augen hereinkam.

»Sie werden doch hoffentlich nicht ...«, murmelte der Staatsanwalt.

»Komm rein, mein Junge. Wann hast du deinen letzten Anfall gehabt?«

»Er ist vor acht Tagen aus dem Krankenhaus entlassen worden«, sagte der Arzt.

Es war offensichtlich ein Epileptiker, einer, den die Leute auf dem Land den Dorftrottel nennen.

»Was hast du mir zu sagen?«

»Ich?«

»Ja, du. Erzähle ...«

Aber statt zu sprechen, begann der junge Mann zu weinen, und nach einigen Augenblicken schluchzte er so heftig, daß man einen Anfall befürchten konnte. Ein paar undeutlich hervorgestoßene Silben waren zu vernehmen.

»Immer ist man hinter mir her. Ich habe nichts getan. Ich schwöre es. Warum gibt man mir nicht hundert Franc, damit ich mir einen Anzug kaufen kann?«

»Hundert Franc! Der nächste!« sagte Maigret zu Leduc.

Der Staatsanwalt wurde sichtlich ungeduldig. Der Polizeikommissar hatte eine betont unbeteiligte Miene aufgesetzt und sagte:

»Wenn die Ortspolizei so vorginge, würde wahrscheinlich auf der nächsten Bezirksversammlung ...«

In einer Ecke stritten Rosalie und ihr Verlobter leise miteinander. Der Wirt steckte den Kopf durch die Tür, um auf die Geräusche im Erdgeschoß zu lauschen.

»Hoffen Sie wirklich etwas zu entdecken?« seufzte Monsieur Duhourceau.

»Ich? Nicht im geringsten.«

»Dann ...«

»Ich habe Ihnen versprochen, daß der Verrückte hier sein würde, und wahrscheinlich ist er schon hier.«

Es waren nur drei Personen hereingekommen: ein Straßenwärter, der vor drei Tagen einen ›Schatten‹ zwischen den Bäumen hatte schleichen sehen. Als er näher kam, war er ausgerissen.

»Hat Ihnen der Schatten nichts getan?«

»Nein.«

»Und Sie haben ihn nicht erkannt? Da genügen fünfzig Franc.«

Maigret war der einzige, der seine gute Stimmung nicht einbüßte. Auf dem Platz standen etwa dreißig Leute in Gruppen und blickten zu den Hotelfenstern hinauf.

»Und du?«

Es war ein alter Bauer in Trauerkleidung, der mit scheuem Blick wartete.

»Ich bin der Vater der ersten, die ermordet worden ist, und ich bin gekommen, um Ihnen zu sagen, daß ich, wenn ich dieses Ungeheuer zu fassen kriege, ...«

Und auch er schien immer wieder zu dem Staatsanwalt hinzublicken.

»Haben Sie keine Vermutung?«

»Eine Vermutung vielleicht nicht. Aber ich sage, was ich sage. Man kann einem Mann, der seine Tochter verloren hat, nichts mehr antun. Es wäre besser, man forschte einmal dort nach, wo schon etwas passiert ist. Ich weiß, Sie sind nicht von hier. Sie wissen nicht ... Alle werden Ihnen sagen, daß Dinge passiert sind, die nie aufgeklärt worden sind.«

Der Arzt hatte sich ungeduldig erhoben. Der Polizeikommissar blickte anderswohin, wie jemand, der nichts hören will. Und der Staatsanwalt saß wie versteinert da.

»Ich danke Ihnen, mein Lieber.«

»Ich will aber weder Ihre fünfzig noch Ihre hundert Franc. Wenn Sie eines Tages auf meinen Hof kommen könnten ... Jeder wird Ihnen sagen, wo er sich befindet.«

Er fragte nicht, ob er bleiben solle. Er grüßte niemanden und ging mit gekrümmtem Rücken.

Ein langes Schweigen folgte.

Maigret tat so, als sei er sehr damit beschäftigt, mit seiner gesunden Hand die Asche in seiner Pfeife festzudrücken.

»Ein Streichholz, Leduc.«

Das Schweigen hatte etwas Gespenstisches, und es war, als ob auch die verstreuten Gruppen auf dem Platz jedes Geräusch vermieden.

Das einzige, was man hörte, waren die Schritte des alten Bauern auf dem Pflaster.

»Bitte, schweig, hörst du?«

Es war Rosalies Bräutigam, der plötzlich laut sprach, und das Mädchen blickte stumm vor sich hin, vielleicht, weil sie kuschte, vielleicht, weil sie noch zögerte.

»Nun, meine Herren«, seufzte Maigret schließlich, »mir scheint, wir kommen ganz gut weiter.«

»All diese Verhöre sind bereits gemacht worden«, erwiderte der Kommissar, erhob sich und suchte nach seinem Hut.

»Nur, diesmal ist der Verrückte hier.«

Maigret blickte niemanden an. Während er sprach, hielt er die Augen auf seine weiße Bettdecke gerichtet.

»Glauben Sie, Doktor, daß er sich nach einem solchen Anfall an das erinnert, was er getan hat?«

»Das ist fast sicher.«

Der Besitzer des Hotels stand mitten im Zimmer, und das machte ihn noch verlegener, denn mit seiner weißen Jacke und Hose zog er alle Blicke auf sich.

»Sieh einmal nach, Leduc, ob noch Leute warten.«

»Entschuldigen Sie mich, aber ich habe keine Zeit mehr«, sagte Dr. Rivaud und stand auf. »Ich habe um elf Uhr einen Patienten, und auch da geht es um das Leben eines Menschen.«

»Ich komme mit Ihnen mit«, murmelte der Polizeikommissar.

»Und Sie, Herr Staatsanwalt?« sagte Maigret.

»Hm, ich ... Ja, ich ...«

Seit einigen Augenblicken wirkte Maigret nicht zufrieden und blickte mehrmals ungeduldig auf den Platz. Plötzlich, als alle standen, bereit zu gehen, richtete er sich ein wenig in seinem Bett auf und murmelte:

»Endlich. Warten Sie, meine Herren. Ich glaube, wir erfahren gleich etwas Neues.«

Und er deutete auf eine Frau, die auf das Hotel zugeeilt kam. Von seinem Platz aus konnte der Chirurg sie sehen, und er sagte erstaunt: »Françoise!«

»Kennen Sie sie?«

»Sie ist meine Schwägerin. Sicherlich hat ein Kranker angerufen, oder es ist ein Unfall passiert ...«

Schritte auf der Treppe. Stimmen. Die Tür öffnete sich, und eine junge Frau kam heftig atmend herein und blickte erschrocken um sich.

»Jacques! Herr Kommissar! Herr Staatsanwalt ...«

Sie war höchstens zwanzig, klein, nervös und hübsch.

Aber an ihrem Kleid sah man Staubspuren. Oben war es zum Teil zerrissen. Unaufhörlich legte sie beide Hände an den Hals.

»Ich – ich habe ihn gesehen. Und er hat mich ...«

Niemand rührte sich. Es fiel ihr schwer zu sprechen. Sie ging auf ihren Schwager zu.

»Sieh mal!«

Sie zeigte ihm ihren Hals, an dem Würgemale zu erkennen waren.

»Dort«, fuhr sie fort, »im Wald bei ›Moulin-Neuf‹. Ich ging spazieren, als ein Mann ...«

»Ich sagte Ihnen doch, wir würden etwas erfahren«, brummte Maigret, der seine Ruhe wieder gefunden hatte.

Leduc, der ihn genau kannte, blickte ihn überrascht an.

»Sie haben ihn gesehen, nicht wahr?« sagte Maigret.

»Nicht lange. Ich weiß nicht, wie es mir gelungen ist, mich aus seiner Umklammerung zu befreien. Ich glaube, er ist über einen Baumstumpf gestolpert. Da habe ich ihn geschlagen.«

»Beschreiben Sie ihn.«

»Ich weiß nicht ... Ein Landstreicher zweifellos. In bäuerlicher Kleidung. Große, stark abstehende Ohren. Ich habe ihn noch nie gesehen.«

»Ist er geflüchtet?«

»Er hat gemerkt, daß ich schreien würde. Man hörte das Geräusch eines Autos auf der Straße. Er ist in das Dickicht gelaufen.«

Allmählich kam sie wieder zu Atem.

»Ich habe solche Angst gehabt. Ohne das Geräusch des Autos wäre vielleicht ... Ich bin bis hierher gerannt.«

»Verzeihung, lag die Villa nicht näher?«

»Ich wußte, dort war nur meine Schwester.«

»War es links von dem Hof?« fragte der Polizeikommissar.

»Gleich hinter dem verlassenen Steinbruch.«

Und der Kommissar zu dem Staatsanwalt:

»Ich werde den Wald durchsuchen lassen. Vielleicht kommen wir noch rechtzeitig.«

Dr. Rivaud wirkte verärgert. Mit gerunzelten Brauen betrachtete er seine Schwägerin, die sich an den Tisch gelehnt hatte und ruhiger atmete.

Leduc suchte Maigrets Blick, und als dieser ihn endlich ansah, tat er nichts, um seine Ironie zu verbergen.

»Das alles scheint jedenfalls zu beweisen«, sagte er

mit sichtlicher Befriedigung, »daß der Verrückte heute morgen nicht hier war.«

Der Polizeikommissar ging die Treppe hinunter und wandte sich dann nach rechts zum Rathaus, in dem er sein Büro hatte. Der Staatsanwalt strich mit dem Ärmel bedächtig über seinen steifen Hut.

»Sobald der Untersuchungsrichter aus Saintes zurück ist, Mademoiselle, werde ich Sie bitten, sich bei ihm einzufinden, damit Sie Ihre Aussage zu Protokoll geben können.«

Er reichte Maigret kühl die Hand.

»Ich nehme an, Sie brauchen uns nicht mehr.«

»Natürlich nicht. Ich hatte übrigens nicht erwartet, daß Sie sich hierherbemühten.«

Maigret machte Leduc ein Zeichen, der daraufhin alle hinausgeleitete. Rosalie und ihr Verlobter stritten noch immer.

Als Leduc mit einem Lächeln auf den Lippen wieder an das Bett trat, sah er zu seinem Erstaunen, daß sein Freund ein ernstes, beklommenes Gesicht machte.

»Nun?«

»Nichts.«

»Es hat nichts ergeben.«

»Es hat viel zuviel ergeben. Stopf mir bitte noch eine Pfeife, solange meine Frau noch nicht wieder da ist.«

»Mir schien, der Verrückte sollte heute morgen kommen.«

»Allerdings!«

»Aber ...«

»Sprich nicht mehr davon, mein Lieber. Es wäre furchtbar, wenn noch eine Frau ermordet würde, weil diesmal . . .«

»Was?«

»Lassen wir das. Ach, da kommt meine Frau über den Platz. Sie wird mir sagen, ich rauche zu viel, und wird meinen Tabak verstecken. Schieb ihn unter das Kopfkissen.«

Ihm war heiß. Vielleicht hatte er sogar etwas Fieber.

»Geh. Laß den Telefonapparat an meinem Bett stehen.«

»Ich will im Hotel zu Mittag essen. Heute gibt es immer Gänsesülze. Ich komme am Nachmittag noch mal zu dir.«

»Das wäre nett. Übrigens, die Kleine, weißt du, die, von der du mir berichtet hast . . . Habt ihr schon lange . . . Hast du sie schon lange nicht gesehen?«

Leduc zuckte zusammen, blickte seinem Kollegen in die Augen und knurrte:

»Das ist zu viel.«

Und er ging hinaus und vergaß den Strohhut auf dem Tisch.

5

Die Lackschuhe

»Ja, Madame. Im ›Hôtel d'Angleterre‹... Natürlich steht es Ihnen völlig frei, nicht zu kommen.«

Leduc war soeben weggegangen. Madame Maigret stieg die Treppe hinauf. Der Arzt, seine Schwägerin, der Staatsanwalt waren neben Rivauds Auto auf dem Platz stehengeblieben.

Es war Madame Rivaud, mit der Maigret telefonierte. Sie mußte allein zu Hause sein. Er bat sie, ins Hotel zu kommen, und war nicht überrascht, eine besorgte Stimme am anderen Ende der Leitung zu hören.

Madame Maigret hörte das Ende des Gespräches und setzte ihren Hut ab.

»Stimmt es, daß wieder eine Frau überfallen worden ist? Ich bin Leuten begegnet, die nach ›Moulin-Neuf‹ eilten.«

Maigret, der ganz in seine Gedanken versunken war, antwortete nicht. Er sah, wie Bewegung in die Stadt kam. Die Nachricht hatte sich schnell verbreitet; immer mehr Leute bogen in eine Straße ein, die links vom Platz abging.

»Es muß dort ein Bahnübergang sein«, murmelte Maigret, dem die Topographie der Stadt allmählich vertraut wurde.

»Ja. Es ist eine lange Straße, die zuerst einer Stadtstraße ähnelt und dann zu einem Feldweg wird. ›Moulin-Neuf‹ befindet sich hinter der zweiten Biegung. Es gibt dort übrigens keine Mühle mehr, nur noch einen großen Hof mit weißen Mauern. Als ich vorbeikam, spannte man gerade in dem Hof, in dem es von Geflügel wimmelte, Ochsen an. Es waren da unter anderem schöne Truthähne ...«

Maigret hörte wie ein Blinder zu, dem man eine Landschaft beschreibt.

»Gibt es dort viele Äcker?«

»Hier zählen sie nach Journaux. Man hat mir gesagt, zweihundert Journaux, aber ich weiß nicht, wieviel das ist. Jedenfalls beginnt gleich dahinter der Wald. Ein Stück weiter stößt man auf die große Straße nach Périgueux.«

Die Polizei war gewiß schon dort und ebenso einige Gendarmen aus Bergerac. Maigret stellte sie sich vor, wie sie mit großen Schritten wie bei einer Hasenjagd durch das Gebüsch strichen, und die Gruppen, die auf der Straße standen, die Kinder, die auf Bäume geklettert waren ...

»Du solltest mich jetzt allein lassen. Geh doch bitte wieder dorthin.«

Sie erhob keine Einwände. Als sie hinausging, begegnete sie einer jungen Frau, die das Hotel betrat, und sie drehte sich erstaunt um, vielleicht ein wenig verstimmt.

Es war Madame Rivaud.

»Nehmen Sie bitte Platz. Und entschuldigen Sie, daß ich Sie herbemüht habe, zumal wegen einer solchen Kleinigkeit. Ich frage mich nämlich sogar, ob ich Ihnen überhaupt Fragen zu stellen habe. Diese Geschichte ist so verworren ...«

Er ließ sie nicht aus den Augen, und sie war von seinem Blick wie hypnotisiert.

Maigret war erstaunt, aber nicht verwirrt. Er hatte schon geahnt, daß Madame Rivaud ihn interessieren würde, und er merkte, daß sie eine noch viel merkwürdigere Frau war, als er es zu hoffen gewagt hatte.

Ihre Schwester Françoise war zart und elegant, und nichts an ihr verriet das Land oder die Kleinstadt.

Madame Rivaud zog den Blick weit weniger auf sich. Als hübsch war sie nicht zu bezeichnen. Sie war fünfundzwanzig bis dreißig Jahre alt, mittelgroß und ein wenig fett. Ihre Kleider ließ sie bei irgendeiner kleinen Schneiderin nähen, oder aber, wenn sie aus einem guten Modehaus kamen, verstand sie sie nicht zu tragen.

Was ihn am meisten an ihr frappierte, waren ihre unruhigen, leidumflorten Augen. Unruhig und doch schicksalsergeben. Zum Beispiel, wie sie Maigret ansah.

Man merkte ihr an, daß sie Angst hatte, aber sie vermochte nichts dagegen zu tun. Ein wenig übertrieben gesagt: Es war, als ob sie darauf gefaßt sei, geschlagen zu werden.

Eine Kleinbürgerin. Ganz *comme il faut!* Sie spielte mechanisch mit einem Taschentuch, mit dem sie notfalls die Augen tupfen konnte.

»Sind Sie schon lange verheiratet, Madame?«

Sie antwortete nicht sofort. Die Frage erschreckte sie. Alles erschreckte sie.

»Fünf Jahre«, hauchte sie schließlich mit undefinierbarer Stimme.

»Wohnten Sie damals schon in Bergerac?«

Und von neuem starrte sie Maigret einen langen Augenblick an, ehe sie antwortete.

»Ich wohnte mit meiner Schwester und meiner Mutter in Algerien.«

Er wagte kaum fortzufahren, so sehr spürte er, daß das geringste Wort sie aus der Fassung zu bringen vermochte.

»Hat Dr. Rivaud auch in Algerien gewohnt?«

»Er war zwei Jahre am Krankenhaus in Algier.«

Er betrachtete die Hände der jungen Frau. Er hatte das Gefühl, daß sie nicht ganz zu ihrer bürgerlichen Aufmachung paßten. Es waren verarbeitete Hände. Aber es war schwierig, das Gespräch auf dieses Thema zu bringen.

»Ihre Mutter ...«

Er hielt inne. Sie saß dem Fenster zugekehrt, jetzt erhob sie sich, und auf ihrem Gesicht zeigte sich Schrecken. Gleichzeitig hörte man draußen die Tür eines Autos zuschlagen.

Es war Dr. Rivaud, der aus seinem Wagen stieg, in das Hotel eilte und wütend an die Tür klopfte.

»Du bist hier?«

Er sprach unwirsch zu seiner Frau, ohne Maigret anzublicken, dem er sich anschließend zuwandte.

»Ich verstehe nicht ... Sie müssen meine Frau sprechen? In dem Falle hätten Sie ...«

Sie senkte den Kopf. Maigret blickte Rivaud mit leisem Erstaunen an.

»Warum sind Sie ärgerlich, Doktor? Ich habe das Verlangen verspürt, die Bekanntschaft Ihrer Frau zu machen. Ich bin leider nicht in der Lage, auszugehen und ...«

»Ist das Verhör beendet?«

»Es handelt sich nicht um ein Verhör, sondern um eine friedliche Unterhaltung. Als Sie hereinkamen, sprachen wir gerade von Algerien. Lieben Sie dieses Land?«

Maigrets Ruhe war nur äußerlich. Sein Gehirn arbeitete auf Hochtouren, während er langsam sprach. Er musterte diese beiden Menschen, Madame Rivaud, die den Tränen nahe zu sein schien, und Rivaud, der um sich blickte, als ob er Spuren dessen suche, was vorgefallen war, und sich bemühe, aus dem allem klug zu werden.

Da war etwas Verborgenes, Ungewöhnliches.

Aber wo, aber was?

Auch bei dem Staatsanwalt war etwas Ungewöhnliches. Aber das alles war verworren und verschwommen.

»Sagen Sie, Doktor, haben Sie Ihre Frau im Laufe einer Behandlung kennengelernt?«

Ein schneller Blick von Rivaud zu seiner Frau.

»Ich glaube, das ist herzlich unwichtig. Wenn Sie gestatten, werde ich meine Frau im Wagen nach Hause fahren und ...«

»Dachte ich's mir doch!«

»Was soll das heißen?«

»Nichts. Verzeihen Sie. Ich habe gar nicht gemerkt, daß ich laut sprach. Dies ist eine sonderbare Geschichte, Doktor. Sonderbar und erschreckend. Je tiefer ich grabe, desto erschreckender finde ich sie. Ihre Schwägerin dagegen hat sofort nach einem so aufregenden Erlebnis ihre Kaltblütigkeit wiedergewonnen. Sie ist eine energische Person.«

Und er sah Rivaud reglos stehen, beklommen, das Weitere abwartend. Glaubte er, daß Maigret mehr wußte, als er sagen wollte?

Maigret glaubte schon, einen beträchtlichen Schritt weiter zu sein, aber plötzlich wurde alles umgeworfen, was er sich zurechtgelegt hatte – die Theorien, die Verhältnisse im Hotel, in der Stadt.

Es begann damit, daß ein Polizist auf den Platz geradelt kam. Er verschwand in der Straße, in der sich das Haus des Staatsanwalts befand. Im gleichen Augenblick läutete das Telefon, und Maigret nahm den Hörer ab.

»Hallo, hier ist das Krankenhaus. Ist Dr. Rivaud noch bei Ihnen?«

Der Arzt ergriff nervös den Hörer, hörte bestürzt zu, und als er ihn wieder auflegte, war er so erregt, daß er eine Weile vor sich hinstarrte.

»Man hat ihn gefunden«, sagte er schließlich.

»Wen?«

»Den Mann, oder jedenfalls eine Leiche. Im Wald von ›Moulin-Neuf‹.«

Madame Rivaud blickte die Männer nacheinander an, ohne etwas zu verstehen.

»Man fragt mich, ob ich die Autopsie vornehmen kann. Aber ...« Und jetzt war es an ihm, Maigret argwöhnisch zu mustern.

»Als Sie angeschossen worden sind, da haben Sie das Feuer doch sicherlich erwidert; wenigstens einen Schuß abgegeben.«

»Ich habe nicht geschossen.«

Und ein anderer Gedanke kam dem Arzt, der sich nervös mit der Hand über die Stirn fuhr.

»Der Tod ist schon vor mehreren Tagen eingetreten. Aber wie hat dann Françoise heute morgen ... Komm!«

Er faßte seine Frau an der Hand, und Madame Rivaud ließ sich gehorsam hinausführen und ein wenig später ins Auto setzen. Der Staatsanwalt hatte offenbar nach einem Taxi telefoniert, denn auf der anderen Straßenseite hielt eines. Der Polizist verließ das Haus. Das war nicht mehr die Neugierde vom Vormittag. Eine viel heftigere Erregung hatte die Stadt ergriffen.

Alle, darunter auch der Besitzer des Hotels, machten sich bald auf den Weg zum ›Moulin-Neuf‹, und nur Maigret mußte mit steifem Rücken in seinem Bett liegenbleiben und trüben Blickes auf den in der heißen Sonne brütenden Platz starren.

»Was hast du?«

»Nichts.«

Madame Maigret, die zurückkam, sah ihren Mann nur im Profil, aber sie merkte sofort, daß ihn etwas quälte. Es dauerte nicht lange, und sie erriet, was es war. Sie setzte sich auf die Bettkante, ergriff mechanisch die leere Pfeife und begann sie zu stopfen.

»Da war nicht viel. Ich will versuchen, dir alles genau zu schildern. Ich war dort, als man ihn gefunden hat, und die Polizei hat mir erlaubt, dicht heranzutreten ...«

Maigret blickte immer noch hinaus, aber während sie sprach, waren es andere Bilder als die des Platzes, die er vor sich sah.

»An der Stelle dort fällt der Wald ab. Am Straßenrand stehen Eichen. Dann beginnt ein Tannenwald. Neugierige waren in Autos gekommen, die an der Biegung parkten. Die Polizisten aus dem Nachbardorf umstellten den Wald, um den Mann zu umzingeln. Die von hier rückten langsam vor, und der alte Bauer von ›Moulin-Neuf‹ begleitete sie mit einem Militärrevolver in der Hand. Niemand wagte, ihn daran zu hindern. Ich glaube, er hätte den Mörder niedergeschossen.«

Maigret stellte sich den Wald vor, den mit Tannennadeln bedeckten Boden, die Licht- und Schattenflecke, die Polizeiuniformen.

»Ein Junge, der neben der Gruppe herlief, hat einen Schrei ausgestoßen und auf eine am Fuß eines Baums liegende Gestalt gedeutet.«

»Lackschuhe?«

»Ja, und selbstgestrickte Strümpfe aus grauer Wolle. Ich habe genau hingesehen, weil ich mich erinnerte.«

»Wie alt?«

»Vielleicht fünfzig. Es läßt sich nicht so genau sagen. Er lag mit dem Gesicht zur Erde. Als man ihn umgedreht hat, mußte ich wegsehen, weil ... Du verstehst. Er hat mindestens schon acht Tage dort gelegen. Ich habe gewartet, bis man den Kopf mit einem

Taschentuch zugedeckt hatte. Ich habe sagen hören, daß niemand ihn kennt. Es ist keiner aus der Gegend.«

»Eine Verletzung?«

»Ein großes Loch in der Schläfe. Und als er gefallen ist, muß er im Todeskampf in den Erdboden gebissen haben.«

»Was tun sie jetzt?«

»Von überallher kommen Leute. Man hindert die Neugierigen daran, den Wald zu betreten. Als ich gegangen bin, erwartete man den Staatsanwalt und Professor Rivaud. Man wird die Leiche zur Autopsie ins Krankenhaus bringen.«

Der Platz war so menschenleer, wie Maigret ihn noch nie gesehen hatte. Das einzige Lebewesen war ein kleiner kaffeebrauner Hund, der sich in der Sonne wärmte.

Langsam schlug es zwölf. Arbeiter und Arbeiterinnen kamen aus einer Druckerei in einer Nebenstraße und eilten, die meisten auf dem Fahrrad, zum ›Moulin-Neuf‹.

»Was hatte er an?«

»Einen schwarzen Anzug, einen dunklen Mantel. Es ist schwer zu sagen, wegen des Zustands, in dem ...«

Madame Maigret war von dem Anblick noch übel. Dennoch sagte sie: »Soll ich noch einmal dorthin gehen?«

Er blieb allein. Er sah den Hotelbesitzer zurückkommen, der ihm vom Gehsteig aus zurief:

»Wissen Sie's schon? Und ich muß zurück, mich um das Mittagessen kümmern!«

Und das Schweigen, der eintönige Himmel, der gelb in der Sonne lag, die leeren Häuser.

Erst eine Stunde später hörte man den Lärm einer Menschenansammlung aus einer nahen Straße. Die Leiche wurde ins Krankenhaus gebracht, und alle gaben ihr das Geleit.

Dann füllte sich das Hotel wieder, und der Platz belebte sich. Im Erdgeschoß stießen Gläser aneinander. Jemand klopfte schüchtern an die Tür, und gleich darauf trat Leduc ein, ein zaghaftes Lächeln auf den Lippen.

Er setzte sich neben das Bett und zündete seine Pfeife an, bevor er etwas sagte.

»Na also«, seufzte er dann.

Er war erstaunt, als Maigret ihn anlächelte, und vor allem, daß er sagte:

»Und, zufrieden?«

»Aber ...«

»Alle. Der Arzt, der Staatsanwalt, der Kommissar, alle sind durch die Bank über den Streich entzückt, den man dem bösen Polizisten aus Paris gespielt hat. Er hat sich auf der ganzen Linie getäuscht, der Polizist. Er hat sich für sehr intelligent gehalten. Er hat ein solches Theater gemacht, daß man nahe daran war, ihn ernst zu nehmen, und daß manche sogar Angst bekommen haben.«

»Du mußt zugeben, daß ...«

»Daß ich mich geirrt habe?«

»Man hat den Mann gefunden. Und die Personenbeschreibung entspricht genau der, die du von dem Unbekannten im Zug gegeben hast. Ich habe ihn gesehen. Ein Mann mittleren Alters, nicht besonders gut angezogen, wenn auch nicht ohne Geschmack. Er hat eine Kugel in die Schläfe bekommen, und zwar aus allernächster Nähe, soweit man es in dem Zustand, in dem er sich befindet, beurteilen kann.«

»Eben!«

»Monsieur Duhourceau ist wie die Polizei der Meinung, daß er sich vor acht Tagen das Leben genommen hat, vielleicht nach dem Überfall auf dich.«

»Hat man die Waffe bei ihm gefunden?«

»Das ist es eben. Man hat in der Tasche seines Mantels seinen Revolver gefunden, in dem nur eine Kugel fehlte.«

»Die er auf mich abgefeuert hat.«

»Das wird man versuchen festzustellen. Wenn er sich das Leben genommen hat, wird der ganze Fall einfach ... Da er sich verfolgt fühlte, hat er ...«

»Und wenn er sich nicht das Leben genommen hat?«

»Es gibt sehr plausible Hypothesen. Ein Bauer kann nachts von ihm überfallen worden sein und auf ihn geschossen haben. Und dann hat er Angst vor Schwierigkeiten bekommen, wie das bei den Leuten auf dem Land oft der Fall ist.«

»Und der Überfall auf die Schwägerin des Arztes?«

»Darüber haben wir auch gesprochen. Man kann davon ausgehen, daß jemand sich den üblen Scherz geleistet und einen Überfall vorgetäuscht hat und ...«

»Mit anderen Worten: Man möchte den Fall möglichst schnell abschließen«, seufzte Maigret und stieß eine Rauchwolke aus, die ihn wie einen Heiligenschein umgab.

»Das stimmt nicht ganz. Aber es ist natürlich sinnlos, die Sache in die Länge zu ziehen, und da ...«

Maigret lachte über die Verlegenheit seines Kollegen.

»Es ist da noch die Eisenbahnfahrkarte«, sagte er. »Man wird aufklären müssen, wie diese Fahrkarte aus der Tasche unseres Unbekannten in den Flur des ›Hôtel d'Angleterre‹ gekommen ist.«

Eigensinnig starrte Leduc auf den roten Teppich und platzte plötzlich heraus:

»Willst du einen guten Rat hören?«

»Du meinst wohl, ich solle alles auf sich beruhen lassen, so schnell wie möglich wieder gesund werden und aus Bergerac abreisen?«

»Um ein paar Tage in meinem Haus zu verbringen, wie wir es abgemacht hatten. Ich habe mit dem Arzt darüber gesprochen. Der sagt, ich könne dich schon jetzt dorthin bringen.«

»Und was hat der Staatsanwalt gesagt?«

»Ich verstehe nicht.«

»Er hat doch sicher auch seinen Senf dazu gegeben. Hat er dich nicht daran erinnert, daß ich außer als Opfer in keiner Weise berechtigt bin, mich mit dieser Geschichte zu befassen?«

Armer Leduc!

Er wollte nett sein. Er wollte es allen rechtmachen. Und Maigret war unbarmherzig.

»Man muß zugeben, daß offiziell ...«

Und plötzlich allen Mut zusammennehmend:

»Hör mal, mein Lieber, ich will offen sein. Es steht fest, daß du, vor allem nach deiner kleinen Komödie von heute morgen, hier eine recht schlechte Presse hast. Der Staatsanwalt ißt jeden Donnerstag mit dem Präfekten zu Abend, und er hat mir vorhin gesagt, er werde mit ihm über dich sprechen, damit du Anweisungen aus Paris erhältst. Es ist da vor allem das eine, das dich ins Unrecht setzt: diese Verteilung von Hundertfrancscheinen. Man sagt ...«

»Daß ich den Abschaum zur Denunziation anstifte.«

»Woher weißt du das?«

»Daß ich mir schmutzige Verdächtigungen anhöre und an die niedrigsten Instinkte appelliere. Uff!«

Leduc schwieg. Er wußte nichts zu antworten. Im Grunde war das auch seine Meinung. Mehrere Minuten später wagte er schüchtern zu sagen:

»Wenn du wenigstens eine richtige Spur hättest. Dann würde ich sofort meine Meinung ändern und ...«

»Ich habe keine Spur. Oder vielmehr, ich habe vier oder fünf. Heute morgen hoffte ich, daß zumindest zwei von ihnen mich weiterbringen würden. Nun, sie haben es nicht getan. Sie haben mich genarrt.«

»Da siehst du's! Und da ist noch ein Fehler, und vielleicht einer der schwersten, weil du dir damit jemanden zum erbitterten Feind gemacht hast. Diese Idee, die Frau des Arztes anzurufen, wo er so eifersüchtig ist, daß nur wenige Leute sie je zu Gesicht bekommen haben. Sie darf kaum einmal die Villa verlassen.«

»Und dennoch ist er Françoises Geliebter. Er wäre also nur eifersüchtig auf die eine und nicht auf die andere?«

»Das geht mich nichts an. Françoise kommt und geht. Sie fährt sogar allein Auto. Was die legitime Frau betrifft ... Kurz, ich habe gehört, wie Rivaud zu dem Staatsanwalt gesagt hat, daß er deinen Schritt als eine Flegelei betrachte und daß, als er hierhergekommen sei, er nicht übel Lust gehabt habe, dich Mores zu lehren.«

»Das sind ja schöne Aussichten.«

»Was meinst du damit?«

»Er macht mir nämlich meine Verbände und fährt dreimal am Tag mit einer Sonde in die Wunde.«

Und Maigret lachte zu schallend, als daß es ehrlich sein konnte. Er lachte wie jemand, der sich in eine lächerliche Situation gebracht hat, aber dickköpfig darin verharrt, weil es zu spät ist, um nachzugeben, und weil er nicht mehr weiß, wie er da herauskommen soll.

»Willst du nicht mit mir zu Mittag essen? Mir ist, als hättest du von Gänsesülze gesprochen.«

Und er lachte wieder. Er hatte wirklich vorzügliche Karten. Überall hätte es etwas zu tun gegeben: im Wald, im Krankenhaus, auf dem Hof ›Moulin-Neuf‹, bei dem Arzt und in dem düsteren Haus des Staatsanwalts, dessen Vorhänge möglicherweise sogar zugezogen waren, überall in der Stadt, die Maigret noch nicht einmal gesehen hatte.

Und er war an ein Bett, an ein Fenster gefesselt und hätte am liebsten jedesmal laut aufgeschrien, wenn er eine jähe Bewegung machte. Man mußte ihm seine Pfeife stopfen, weil er seinen rechten Arm nicht bewegen konnte, und Madame Maigret machte sich das zunutze, um ihm eine Tabakdiät aufzuerlegen.

»Kommst du zu mir?«

»Ganz bestimmt, wenn das alles beendet ist.«

»Aber es gibt doch keinen Verrückten mehr!«

»Ist das sicher? Geh mittagessen. Wenn man dich fragt, was meine Absichten sind, dann sage, du weißt es nicht. Und jetzt an die Arbeit.«

Er sagte das so, als müßte er schwere körperliche Arbeit verrichten, Brotteig kneten oder tonnenweise Erde bewegen.

Und er hatte tatsächlich vieles zu bewegen: einen Haufen verwickelter, unentwirrbarer Dinge.

Nur daß es sich um nichtgreifbare Dinge handelte: mehr oder weniger verschwimmende Gesichter, die ihm keine Ruhe ließen, das mürrische und hoheitsvolle Gesicht des Staatsanwalts, das besorgte Gesicht des Arztes, das arme verhärmte Gesicht seiner Frau, die im Krankenhaus in Algier behandelt worden war – an welcher Krankheit hatte sie gelitten? –, das nervöse und zu selbstbewußte Gesicht Françoises ... Und Rosalie, die jede Nacht träumte, sehr zum Verdruß ihres Verlobten – schliefen sie übrigens schon zusammen? –, und diese Anspielung auf den Staatsanwalt – Dinge, die unter den Teppich gekehrt werden sollten. Und dieser Mann im Zug, der nur aus dem fahrenden Zug gesprungen war, um auf Maigret zu schießen und zu sterben. Leduc und die Nichte seiner Köchin, sehr gefährlich das! –, der Besitzer des Hotels, der schon drei Frauen gehabt hatte – aber er hatte ein Temperament, das ausreichte, um ihrer zwanzig umzubringen!

Warum hatte Françoise ...?

Warum hatte der Arzt ...?

Warum hatte dieser Geheimniskrämer Leduc ...?

Warum? Warum? Warum?

Und man wollte Maigret loswerden, indem man ihn zu Leduc schickte.

Ein letztes Mal lachte er das sonore Lachen eines wohlbeleibten Mannes. Und als seine Frau eine Viertelstunde später hereinkam, fand sie ihn selig schlafend.

6

Der Seehund

Maigret hatte einen strapaziösen Traum. Er war am Ufer des Meeres. Es war ungewöhnlich heiß, und der Sand, den die Ebbe bloßgelegt hatte, schimmerte so rotbraun wie reifes Getreide. Es gab mehr Sand als Meer. Das Meer war irgendwo sehr fern, aber bis zum Horizont sah man nur kleine Lachen zwischen den Sandbänken.

War Maigret ein Seehund? Vielleicht nicht ganz, aber auch nicht ganz ein Walfisch. Ein sehr dickes, sehr rundes Tier von glänzendem Schwarz.

Er war ganz allein in dieser glühenden Unendlichkeit, und er wußte, er mußte um jeden Preis dorthin, dorthin, zum Meer, wo er endlich frei sein würde.

Aber er konnte sich nicht bewegen. Er hatte kurze Beinstummel wie die Seehunde, aber er vermochte sie nicht zu benutzen. Alles an ihm war steif. Wenn er sich erhob, fiel er wie ein Sack in den Sand zurück, der ihm den Rücken verbrannte. Aber er mußte unbedingt das Meer erreichen. Sonst würde er in dem Sand versinken, der bei jeder Bewegung nachgab.

Warum war er so steif? Hatte ihn nicht ein Jäger angeschossen? Es gelang ihm nicht, sich zu erinnern. Und er drehte sich um sich selbst. Er war ein großes, dickes, schwarzes, schwitzendes, klägliches Etwas.

Als er die Augen aufschlug, sah er das schon von der Sonne beschienene Rechteck des Fensters und seine Frau, die am Tisch saß, frühstückte und ihn anblickte.

Aber schon bei diesem ersten Blick merkte er, daß etwas nicht stimmte. Es war ein Blick, den er nur allzu gut kannte, zu ernst, zu mütterlich, von einer leisen Besorgnis erfüllt.

»Hast du Schmerzen gehabt?«

Sein zweiter Eindruck war, daß er einen schweren Kopf hatte.

»Warum fragst du?«

»Du hast dich die ganze Nacht gewälzt, mehrmals hast du gestöhnt.«

Sie war aufgestanden, um ihm einen Kuß zu geben.

»Du siehst schlecht aus. Du hast gewiß einen Alptraum gehabt.«

Da erst erinnerte er sich an den Seehund, und er wurde zwischen einem dumpfen Unbehagen und dem Verlangen zu lachen hin und her gerissen, aber er lachte nicht. Alles fügte sich zueinander. Madame Maigret, die sich auf die Bettkante gesetzt hatte, sagte sanft, als fürchtete sie, ihn zu erregen:

»Ich glaube, wir müssen uns entscheiden.«

»Entscheiden?«

»Ich habe gestern abend mit Leduc gesprochen. Du wärst bestimmt bei ihm besser aufgehoben, um dich auszuruhen und wieder ganz zu genesen.«

Sie wagte nicht, ihm ins Gesicht zu blicken. Er kannte das alles und murmelte:

»Du auch.«

»Was meinst du damit?«

»Du glaubst, daß ich mich täusche, nicht wahr? Du bist davon überzeugt, daß es mir nicht gelingen wird, und daß ...«

Das genügte, um ihm den Schweiß auf Schläfen und Oberlippe treten zu lassen.

»Beruhige dich. Der Arzt wird gleich kommen und ...«

Es war tatsächlich die Zeit. Maigret hatte ihn seit den Szenen am Tag zuvor nicht gesehen, und der Gedanke an seinen Besuch verscheuchte für einen Augenblick seine Sorgen.

»Du wirst mich mit ihm allein lassen.«

»Und wir werden zu Leduc fahren?«

»Wir werden nicht fahren. Da hält sein Wagen vor dem Hotel. Laß mich ...«

Sonst nahm Dr. Rivaud immer drei Stufen auf einmal, heute morgen jedoch nicht. Er kam mit gemessenen Schritten herein, verneigte sich vor Madame Maigret, die hinausging, und stellte seine Tasche auf den Nachttisch, ohne ein Wort zu sagen.

Der Besuch am Morgen spielte sich immer auf die gleiche Weise ab. Maigret schob das Thermometer in den Mund, während der Arzt ihm seinen Verband abnahm.

Alles ging vonstatten wie an den Tagen zuvor. Und mit dieser Rollenverteilung fand das folgende Gespräch statt.

»Natürlich«, begann der Arzt, »werde ich Sie behandeln, bis Sie gesund sind. Ich bitte Sie nur, zur Kenntnis zu nehmen, daß sich unsere Beziehungen von jetzt ab darauf beschränken. Außerdem untersage ich Ihnen, weiterhin Mitglieder meiner Familie zu belästigen, schließlich sind Sie nicht in amtlicher Eigenschaft hier.«

Die Sätze klangen einstudiert. Maigret zuckte nicht mit der Wimper. Sein Oberkörper war nackt. Der Arzt nahm ihm das Thermometer aus dem Mund, und er hörte ihn murmeln:

»Wieder 38!«

Das war viel, wie er wußte. Rivaud runzelte die Stirn und fuhr fort, wobei er es vermied, ihn anzusehen:

»Wenn Sie sich gestern anders verhalten hätten, würde ich Ihnen als Arzt sagen, es wäre das beste für Sie, sich an einem ruhigen Ort auszukurieren. Aber dieser Rat könnte jetzt falsch gedeutet werden und ... Tue ich Ihnen weh?«

Denn während er sprach, fuhr er mit der Sonde in die Wunde, die immer noch eiterte.

»Nein. Sprechen Sie weiter.«

Aber Rivaud hatte nichts mehr zu sagen. Das Ende der Untersuchung vollzog sich in Schweigen, und schweigend packte der Chirurg auch alles wieder in seine Tasche und wusch sich die Hände. Erst als er hinausging, blickte er Maigret von neuem an.

War es der Blick des Arztes? War es der Blick des Schwagers von Françoise, des Mannes der seltsamen Madame Rivaud?

Jedenfalls war es ein besorgter Blick. Er schien nahe daran, noch etwas zu sagen, aber er zog es dann doch vor, zu schweigen, und erst auf der Treppe flüsterte er mit Madame Maigret.

Das Schlimmste war, daß der Kommissar sich jetzt aller Einzelheiten seines Traumes erinnerte, und er spürte auch andere Warnzeichen. Vorhin hatte er nichts gesagt, aber die Untersuchung war schmerzhafter gewesen als am Tag zuvor, was ein schlechtes Zeichen war. Auch dieses hartnäckige Fieber war ein schlechtes Zeichen.

Und die Pfeife, die er vom Nachttisch genommen hatte, legte er gleich wieder hin.

Seine Frau kam seufzend herein.

»Was hat er dir gesagt?«

»Er will nichts sagen. Ich habe ihn gefragt. Er rät dir vollkommene Ruhe.«

»Wie steht es mit der offiziellen Untersuchung?«

Madame Maigret setzte sich, aber ihre ganze Haltung sagte deutlich, daß sie ihres Mannes Verhalten mißbilligte, daß sie seine Dickköpfigkeit und seine Zuversicht für verkehrt hielt.

»Die Autopsie?«

»Der Mann muß, wenige Stunden nachdem er auf dich geschossen hat, gestorben sein.«

»Hat man die Waffe noch nicht gefunden?«

»Nein. Das Foto der Leiche wird heute morgen in allen Zeitungen veröffentlicht, denn niemand kennt den Mann. Selbst die Pariser Zeitungen bringen es.«

»Zeig mal.«

Und Maigret ergriff die Zeitung mit einer gewissen Erregung. Als er das Foto betrachtete, hatte er das Gefühl, daß er im Grunde der einzige war, der den Toten kannte.

Er hatte ihn nicht gesehen. Aber sie hatten eine

Nacht zusammen verbracht. Er erinnerte sich an den unruhigen Schlaf seines Reisegefährten – wenn er tatsächlich geschlafen hatte –, an seine Seufzer, sein plötzliches Schluchzen.

Dann an die beiden Beine, die herunterbaumelten, die Lackschuhe, die handgestrickten Strümpfe.

Das Foto war grauenhaft wie alle Fotos von Leichen, denen man den Anschein des Lebens zu geben versucht, um die Identifizierung zu erleichtern.

Ein erloschenes Gesicht. Glasige Augen. Ohne Verwunderung sah Maigret die grauen Bartstoppeln auf den Wangen. Warum war ihm dieser Gedanke schon im Zugabteil gekommen? Er hatte sich den Mann nie anders als mit einem grauen Bart vorgestellt.

»Im Grunde geht diese Geschichte dich nichts an.«

Seine Frau ging, wenn auch sanft und unter Entschuldigungen, wieder zum Angriff über. Maigrets Gesundheitszustand machte ihr große Sorgen. Sie blickte ihn wie einen Schwerkranken an.

»Ich habe gestern abend im Restaurant die Leute sprechen hören. Sie sind alle gegen dich. Du kannst sie fragen: Niemand wird dir sagen, was er weiß. Unter diesen Umständen ...«

»Nimm bitte ein Blatt Papier und einen Füller.«

Er diktierte ihr ein Telegramm an einen Kollegen, den er bei der Polizei in Algier hatte:

Erbitte telegrafisch Auskunft über Dr. Rivaud, der vor fünf Jahren am Krankenhaus in Algier tätig war. Herzlichst Maigret.

Das Gesicht seiner Frau war beredt. Sie schrieb, aber sie tat es ohne innere Überzeugung. Sie hielt diese Untersuchung für sinnlos.

Und er spürte es. Es machte ihn wütend. Andere mochten skeptisch sein, aber bei seiner Frau ertrug er es nicht, so daß er sich hinreißen ließ und in bissigem Ton sagte:

»Das wäre es. Du brauchst es weder zu verbessern noch deine Ansicht zu äußern. Gib das Telegramm auf. Erkundige dich nach den Fortschritten der Untersuchung. Den Rest überlaß mir!«

Sie blickte ihn an, als ob sie ihn bitten wolle, doch wieder friedlich zu sein. Aber er konnte seinem Zorn nicht mehr Einhalt gebieten.

»Ich bitte dich außerdem, von jetzt an deine Meinung für dich zu behalten. Mit anderen Worten, es ist zwecklos, wenn du dich mit dem Arzt und Leduc oder sonst einem Dummkopf aussprichst!«

Er drehte sich so schwerfällig und ungeschickt auf die andere Seite, daß er dabei an den Seehund in seinem Traum denken mußte.

Er schrieb mit der linken Hand, wodurch die Buchstaben noch dicker wurden als sonst. Er atmete keuchend, weil es ihn anstrengte. Zwei Jungen spielten auf dem Platz unter seinem Fenster Murmeln, und immer wieder war er nahe daran, ihnen zuzurufen, sie sollten nicht solchen Lärm machen.

Erstes Verbrechen: Die Schwiegertochter des Bauern von ›Moulin-Neuf‹ wird auf dem Weg überfallen und erdrosselt. Dann wird ihr eine lange Nadel in die Brust gebohrt, die das Herz trifft.

Er seufzte und notierte am Rand:

(Stunde, genauer Tatort, Körperkraft des Opfers?)

Er wußte nichts. Bei einer gewöhnlichen Untersuchung hätten diese Einzelheiten nur ein paar Erkundigungen verlangt.

Zweites Verbrechen: Die Tochter des Bahnhofsvorstehers wird überfallen, erdrosselt, und eine Nadel wird ihr ins Herz gebohrt.

Drittes Verbrechen (mißlungen): Rosalie wird von hinten überfallen, aber sie schlägt den Verbrecher in die Flucht.

(Träumt jede Nacht und liest Romane. Aussage des Verlobten.)

Viertes Verbrechen: Ein Mann, der aus dem fahrenden Zug springt und den ich verfolge, schießt mich in die Schulter. Das geschieht wie die drei anderen Verbrechen im Wald von ›Moulin-Neuf‹.

Fünftes Verbrechen: Der Mann wird im gleichen Wald durch eine Kugel in den Kopf getötet.

Sechstes Verbrechen (?): Françoise wird im Wald von ›Moulin-Neuf‹ überfallen, aber es gelingt ihr, den Angreifer abzuwehren.

Er knüllte das Blatt zusammen, zuckte die Schultern und warf es weg. Dann nahm er ein anderes und schrieb mit unsicherer Hand:

Duhourceau: verrückt?
Rivaud: verrückt?
Françoise: verrückt?
Madame Rivaud: verrückt?
Rosalie: verrückt?
Kommissar: verrückt?
Hotelier: verrückt?
Leduc: verrückt?
Unbekannter mit den Lackschuhen: verrückt?

Aber warum brauchte er eigentlich einen Verrückten in der Geschichte? Er runzelte plötzlich die Brauen und dachte an seine ersten Stunden in Bergerac.

Wer hatte ihn nur darauf gebracht? Wer hatte angedeutet, daß die beiden Verbrechen nur von einem Verrückten hatten begangen werden können?

Dr. Rivaud!

Und wer hatte dem sofort zugestimmt und die offiziellen Nachforschungen in diese Richtung gelenkt?

Staatsanwalt Duhourceau.

Und wenn man gar keinen Verrückten suchte, wenn man ganz einfach eine logische Erklärung für die Kette der Ereignisse suchte?

Konnte zum Beispiel diese Geschichte mit der in das Herz gebohrten Nadel nicht nur den Zweck haben, das Verbrechen eines Sadisten vorzutäuschen?

Auf ein anderes Blatt schrieb Maigret den Titel:

Fragen.

Und er malte Kringel um die Buchstaben wie ein Schüler, der die Zeit totschlagen will.

1. Ist Rosalie wirklich überfallen worden oder nur in ihrer Phantasie?
2. Ist Françoise überfallen worden?
3. Wenn ja, von demselben Mörder wie dem der beiden ersten Frauen?
4. Ist der Mann mit den grauen Strümpfen der Mörder?
5. Wer ist der Mörder des Mörders?

Madame Maigret kam herein, warf nur einen kurzen Blick zu dem Bett hin, ging nach hinten in das Zimmer, legte Hut und Mantel ab und setzte sich schließlich zu ihrem Mann.

Mit einer mechanischen Bewegung nahm sie ihm die Blätter und den Bleistift aus den Händen und seufzte: »Diktiere.«

Da wurde er einen Augenblick lang hin und hergerissen zwischen dem Verlangen, eine neue Szene zu machen, ihre Haltung als Herausforderung, Beleidigung zu betrachten, und dem Bedürfnis, sich wieder mit ihr zu versöhnen.

Er wandte unbeholfen den Kopf, wie er es in solchen Fällen immer tat. Sie überflog die Zeilen, die er geschrieben hatte.

»Hast du eine Idee?«

»Nicht die geringste.«

Nein, er hatte keine Idee. Nein, er befaßte sich mit dieser komplizierten Geschichte nur zum Vergnügen. Er war nahe daran, den Mut zu verlieren. Er sehnte sich danach, sich auszuruhen, die wenigen Urlaubstage, die er noch hatte, in Leducs kleinem Haus zu verbringen, unter dem Geflügel, den beruhigenden Geräuschen des Hofes, dem Geruch der Kühe, der Pferde ...

Aber er wollte nicht klein beigeben. Er wollte keine guten Ratschläge.

Begriff sie es endlich? Wollte sie ihm jetzt wirklich helfen, statt ihn töricht dazu zu drängen, sich auszuruhen?

Das alles sagten seine trüben Augen.

Und sie antwortete mit einer Bemerkung, die man nicht oft von ihr hörte:

»Mein armer Maigret.«

Denn unter bestimmten Umständen nannte sie ihn Maigret. Wenn sie anerkannte, daß er der Mann, der Herr, die Kraft und die Intelligenz in ihrer Ehe war. Diesmal tat sie es vielleicht nicht sehr überzeugt. Aber lauerte er nicht auf ihre Antwort wie ein Kind, das einer Ermutigung bedarf?

Nun, jetzt war es geschehen.

»Leg mir noch ein drittes Kopfkissen in den Rükken.« Schluß mit den lächerlichen Wutanwandlungen, dem törichten Gerührtsein, den Kindereien!

»Und stopf mir eine Pfeife!«

Die beiden Jungen auf dem Platz zankten sich. Der eine von ihnen bekam eine Ohrfeige und lief zu einem niedrigen Haus und begann laut zu weinen, als er hineinging und sich bei seiner Mutter beklagte.

»Vor allem müssen wir uns einen Arbeitsplan machen. Nun, ich glaube, es ist das beste, so zu tun, als ob wir nichts Neues mehr erfahren würden. Mit anderen Worten, wenn wir von dem ausgehen, was wir wissen, und alle Hypothesen prüfen, bis eine von ihnen sich als stichhaltig erweist.«

»Ich bin Leduc in der Stadt begegnet.«

»Hat er mit dir gesprochen?«

»Natürlich«, erwiderte sie lächelnd. »Er hat mich von neuem gedrängt, dich dazu zu bringen, Bergerac zu verlassen und mit mir zu ihm zu kommen. Er kam gerade von dem Staatsanwalt.«

»Sieh mal an! Sieh mal an!«

»Er hat immerzu auf mich eingeredet.«

»Warst du im Leichenschauhaus, dir den Toten anzusehen?«

»Es gibt hier kein Leichenschauhaus. Man hat ihn in die Zelle auf der Wache gebracht. Fünfzig Leute drängten sich an der Tür. Ich habe gewartet, bis ich an die Reihe kam.«

»Hast du die Strümpfe gesehen?«

»Schöne Wolle. Sie sind mit der Hand gestrickt.«

»Das deutet darauf hin, daß der Mann ein ordentliches Leben geführt oder zumindest eine Frau, eine Schwester, eine Tochter gehabt hat, die sich um ihn kümmerte. Oder aber er war ein Landstreicher, denn die Landstreicher bekommen oft Strümpfe geschenkt, die die jungen Mädchen aus guter Familie in Wohltätigkeitsvereinen stricken.«

»Nur reisen Landstreicher nicht im Liegewagen.«

»Im allgemeinen auch nicht die Kleinbürger und erst recht nicht die kleinen Angestellten. Jedenfalls in Frankreich nicht. Der Liegewagen läßt darauf schließen, daß es jemand war, der an längere Reisen gewöhnt war. Die Schuhe ...«

»Es ist eine bestimmte Marke, die in hundert oder zweihundert Filialen verkauft wird.«

»Der Anzug?«

»Ein sehr abgenutzter schwarzer Anzug, aber aus gutem Tuch und bestimmt nach Maß gemacht. Er ist wie der Mantel mindestens drei Jahre getragen worden.«

»Der Hut?«

»Den hat man nicht gefunden. Der Wind hat ihn gewiß weggeweht.«

Maigret suchte in seinem Gedächtnis, aber es gelang ihm nicht, sich an den Hut des Mannes im Zug zu erinnern.

»Ist dir sonst noch etwas aufgefallen?«

»Das Hemd war am Kragen und an den Manschetten geflickt, aber recht ordentlich.«

»Auch das weist darauf hin, daß sich eine Frau um den Mann gekümmert hat. Brieftasche, Papiere und kleine Gegenstände in den Taschen?«

»Nur eine sehr kurze Zigarettenspitze aus Elfenbein.«

Sie besprachen das alles nüchtern und ruhig wie zwei Kollegen. Nach der Gereiztheit und Nervosität war jetzt eine Entspannung eingetreten. Maigret rauchte seine Pfeife in kleinen Zügen.

»Ach, da kommt Leduc!«

Man sah ihn den Platz überqueren. Sein Gang war unsicherer als sonst, und der Strohhut war ihm ein wenig in den Nacken gerutscht. Als er auf dem Treppenabsatz anlangte, öffnete ihm Madame Maigret die Tür, und er vergaß, sie zu begrüßen.

»Ich komme vom Staatsanwalt.«

»Ich weiß.«

»Ja. Deine Frau hat es dir gesagt. Ich war dann im Kommissariat, um mich zu vergewissern, daß die Nachricht stimmt. Es ist etwas Merkwürdiges geschehen.«

Ohne zu überlegen, trank er das Glas Limonade halb leer, das Madame Maigret für ihren Mann hingestellt hatte.

»Erlaubst du? Es ist das erstemal, daß so etwas geschieht. Man hat natürlich die Fingerabdrücke nach Paris geschickt und hat soeben die Antwort bekommen. Nun ...«

»Nun?«

»Der Tote ist schon seit Jahren tot.«

»Was sagst du?«

»Ich sagte, der Tote ist amtlich schon seit Jahren tot. Es handelt sich um einen gewissen Meyer, bekannt unter dem Namen Samuel, der in Algier zum Tode verurteilt worden ist und ...«

Maigret hatte sich auf dem Ellbogen aufgerichtet.

»Und hingerichtet worden ist?«

»Nein. Er ist wenige Tage vor der Hinrichtung im Krankenhaus gestorben.«

Madame Maigret konnte ein gerührtes Lächeln, das zugleich ein wenig spöttisch war, nicht unterdrücken, als sie das strahlende Gesicht ihres Mannes sah.

Er bemerkte dieses Lächeln und hätte fast ebenfalls gelächelt. Aber die Würde siegte. Er setzte das gebührende ernste Gesicht auf.

»Was hatte er getan, dieser Samuel?«

»Davon steht nichts in der Antwort aus Paris. Wir haben nur ein chiffriertes Telegramm bekommen. Heute abend werden wir einen Strafregisterauszug erhalten. Aber man darf nicht vergessen, daß selbst Bertillon zugibt, es bestehe nur die Möglichkeit eins zu hunderttausend, wenn ich mich nicht irre, daß die Fingerabdrücke zweier Menschen die gleichen sind. Dennoch sind wir hier auf diesen Ausnahmefall gestoßen.«

»Ist der Staatsanwalt wütend?«

»Natürlich ist er sehr ärgerlich. Er redet davon, Kriminalbeamte aus Paris anzufordern, aber er befürchtet, daß man dann Inspektoren schickt, die sich bei dir ihre Instruktionen holen werden. Er hat mich gefragt, ob du viel Einfluß bei der Pariser Polizei hast.«

»Stopf mir eine Pfeife«, sagte Maigret zu seiner Frau.

»Das ist die dritte!«

»Macht nichts. Ich wette, ich habe nicht einmal mehr siebenunddreißig. Samuel! Die Schuhe mit Gummiband. Samuel ist ein Jude. Die Juden haben oft empfindliche Füße. Sie hängen auch sehr an ihrer Familie. Daher die gestrickten Strümpfe. Und sie sind sehr sparsam. Daher der drei Jahre alte Anzug aus gutem Tuch ...«

Er unterbrach sich.

»Ich scherze, Kinder. Aber ich kann euch jetzt die Wahrheit sagen. Ich habe ein paar scheußliche Stunden hinter mir. Wenn ich allein an den Traum denke ... Jetzt ist der Seehund, falls es nicht ein Walfisch ist, der Seehund, sagte ich, endlich im Wasser, und ihr werdet's erleben, daß er langsam, aber sicher ans Ziel kommen wird.«

Er brach in Lachen aus, weil Leduc Madame Maigret besorgt anblickte.

7

Samuel

Die beiden Nachrichten kamen fast zur selben Zeit, am Abend, kurz vor dem Besuch des Chirurgen. Zuerst das Telegramm aus Algier.

»Dr. Rivaud im Krankenhaus unbekannt.
Herzlichst Martin.«

Maigret hatte es kaum geöffnet, als Leduc eintrat, ohne daß er seinen Kollegen zu fragen wagte, was er las.

»Sieh dir dies mal an.«

Er las das Telegramm, schüttelte den Kopf, seufzte:

»Natürlich.«

Und seine Geste bedeutete:

Natürlich darf man nicht erwarten, daß etwas an dieser Geschichte einfach ist. Wir werden im Gegenteil bei jedem Schritt auf neue Hindernisse stoßen, und ich habe nur allzu recht, wenn ich sage, das beste ist, du kommst zu mir.

Madame Maigret war ausgegangen. Trotz der Dämmerung dachte Maigret nicht daran, das Licht anzuknipsen. Die Laternen auf dem Platz brannten, und er liebte es zu dieser Stunde, ihre regelmäßige Girlande zu sehen. Er wußte, daß das Licht zuerst im zweiten Haus links von der Garage angehen und er im Schein der Lampe eine Schneiderin sehen würde, die sich wie immer über eine Arbeit beugte.

»Die Polizei hat auch eine Neuigkeit«, murmelte Leduc.

Er war verlegen. Er wollte nicht, daß es so aussah, als sei er gekommen, um Maigret das zu berichten. Vielleicht hatte man ihn sogar gebeten, ihm nichts von den Ergebnissen der amtlichen Untersuchung zu sagen.

»Samuel betreffend?«

»Ja. Erstens ist der Strafregisterauszug eingetroffen, und dann hat Lucas, der sich früher mit ihm hat befassen müssen, von Paris aus angerufen und einige Einzelheiten mitgeteilt.«

»Erzähle.«

»Man weiß nicht genau, woher er stammt. Aber man hat gute Gründe zu glauben, daß er in Polen oder in Jugoslawien geboren ist. Irgendwo dort jedenfalls. Ein schweigsamer Mann, der seine Angelegenheiten gern für sich behielt. In Algier hatte er ein Büro. Rate, was für eins!«

»Irgend etwas Undurchsichtiges bestimmt.«

»Einen Briefmarkenhandel.«

Und Maigret war entzückt, weil das wunderbar zu dem Mann im Zug paßte.

»Ein Briefmarkenhandel, hinter dem sich etwas anderes verbarg, wie man sich denken kann. Und er hat das so geschickt angestellt, daß die Polizei nichts davon gemerkt und es eines doppelten Verbrechens bedurft hat, bis ... Ich wiederhole in großen Zügen, was Lucas am Telefon gesagt hat. Jenes Büro war eine der größten Werkstätten für die Herstellung von falschen Pässen und vor allem von falschen Arbeitsverträgen. Samuel hatte Mitarbeiter in Warschau, in Wilna, in Schlesien, in Istanbul.«

Die Dämmerung war jetzt ganz blau. Die Häuser hoben sich weiß davon ab. Unten war die Aperitifstunde, bei der es immer ziemlich lebhaft zuging.

»Seltsam«, sagte Maigret.

Aber was er seltsam fand, war nicht Samuels Beruf, sondern daß in Bergerac Fäden endeten, die irgendwo zwischen Warschau und Algier geknüpft worden waren.

Und vor allem, daß man von einer rein lokalen Affäre, einem Kleinstadtverbrechen ausgehend auf die internationale Gaunerwelt stieß.

Leute wie Samuel waren ihm zu Hunderten in Paris und anderswo begegnet, und wenn er sich mit ihnen befaßte, dann geschah das mit einer gewissen Neugier, in die sich nicht gerade Abscheu, aber doch Unbehagen mischte, als bildeten sie eine Welt für sich.

Individuen, die man als Barmixer in Skandinavien, als Gangster in Amerika, als Besitzer von Spielhöllen in Holland oder sonstwo, als Kellner oder Theaterdirektoren in Deutschland, als Geschäftsleute in Nordafrika antrifft ...

Und hier, angesichts des so friedlichen Platzes von Bergerac, erstand plötzlich wieder vor seinen Augen eine Welt von Menschen, die durch ihre Kraft, ihre große Zahl und die Tragik ihres Schicksals erschreckend waren.

Mittel- und Osteuropa, von Budapest bis Odessa,

von Reval bis Belgrad, war von Menschen übervölkert. Hunderttausende hungernder Juden brachen jedes Jahr in alle Himmelsrichtungen auf: Scharen von Emigranten an Bord von großen Schiffen, in Nachtzügen, mit Kindern auf dem Arm und alten Eltern, die man mitnahm, müde, traurige Gesichter, die an den Grenzpfählen vorüberdefilierten …

In Chicago gibt es mehr Polen als Amerikaner. Frankreich hat viele von ihnen aufgenommen, und die Sekretäre der Rathäuser in den Dörfern müssen sich die Namen buchstabieren lassen, wenn die Bewohner kommen, um eine Geburt oder einen Todesfall zu melden.

Manche wandern offiziell aus, mit ordnungsgemäßen Papieren. Aber es gibt auch die anderen, die nicht die Geduld haben zu warten, bis sie an die Reihe kommen, oder die kein Visum erhalten können.

Und da greifen die Samuels ein. Die Samuels, die alle Zufluchtsorte kennen, alle Grenzbahnhöfe, alle Konsulatsstempel und die Unterschriften der Beamten.

Die Samuels, die zehn Sprachen und ebenso viele Dialekte sprechen.

Und die ihre Tätigkeit hinter einem blühenden, möglichst internationalen Handel verbergen.

Der Briefmarkenhandel war ein guter Einfall gewesen.

Mr. Levi, Chicago,
ich schicke Ihnen mit dem nächsten Schiff zweihundert seltene Briefmarken mit orangener Vignette der Tschechoslowakei …

Und natürlich befaßte sich Samuel wie die meisten seinesgleichen nicht nur mit Männern.

In den Freudenhäusern Südamerikas sind die Französinnen besonders begehrt. Sie werden in Paris auf den großen Boulevards ›angeworben‹.

Aber das Gros, die billige Ware, wird aus Osteuropa geliefert. Mädchen vom Land, die mit fünfzehn oder sechzehn Jahren von dort wegfahren und mit zwanzig wiederkommen – oder auch nicht –, nachdem sie sich ihre Mitgift verdient haben.

Das alles ist am Quai des Orfèvres etwas ganz Alltägliches.

Was Maigret verwirrte, war das jähe Eindringen dieses Samuel in den Fall Bergerac, in der bis dahin nur Staatsanwalt Duhourceau, der Arzt und seine Frau, Françoise, Leduc und der Hotelier eine Rolle gespielt hatten.

Das Eindringen einer neuen Welt, einer von Grund auf anderen Atmosphäre.

Die ganze Geschichte bekam dadurch ein völlig neues Gesicht. Maigret blickte auf einen kleinen Gemischtwarenladen gegenüber, in dem er inzwischen jedes Bonbonglas kannte; weiter unten sah er die Zapfsäule der Tankstelle, eine Zapfsäule, die offenbar nur zur Verzierung da war, denn das Benzin wurde in Kanistern verkauft.

Leduc berichtete:

»Merkwürdig ist auch, daß Samuel das Geschäft in Algerien aufgezogen hat. Viele seiner Kunden waren übrigens Araber und sogar Schwarze aus dem Inneren Afrikas.«

»Sein Verbrechen?«

»Zwei Verbrechen! Zwei in Algier unbekannte Polen, die man tot auf einem unbebauten Gelände gefunden hat. Sie kamen beide aus Berlin. Man hat Nachforschungen angestellt und herausbekommen, daß sie schon lange mit Samuel zusammenarbeiteten. Die Untersuchung hat monatelang gedauert. Man fand keine Beweise. Samuel ist erkrankt, und man hat ihn vom Gefängnislazarett ins Krankenhaus überführen müssen.

Man hat das Drama fast vollständig rekonstruiert: Die beiden Mitarbeiter haben sich über Unregelmäßigkeiten beschwert. Samuel muß ein Gauner gewesen sein, der jeden übers Ohr haute. Sie haben ihn bedroht ...«

»Und er hat sie umgebracht!«

»Er ist zum Tode verurteilt worden, aber man hat ihn nicht hinzurichten brauchen, weil er wenige Tage nach Verkündung des Urteils im Krankenhaus gestorben ist.

Das ist alles, was ich weiß.«

Der Arzt war erstaunt, die beiden Männer im Dunkeln vorzufinden, und er war es, der den Lichtschalter drehte. Dann stellte er seine Tasche auf den Tisch, zog seinen Übergangsmantel aus und ließ heißes Wasser in das Waschbecken laufen.

»Ich werde jetzt gehen«, sagte Leduc und erhob sich. »Ich komme morgen wieder.«

Es war ihm bestimmt nicht lieb, daß ihn Rivaud in Maigrets Zimmer überrascht hatte. Er war in dieser Gegend ansässig und hatte ein Interesse daran, es mit keinem der beiden Lager zu verderben, denn es gab jetzt zwei Lager.

»Bis morgen also. Auf Wiedersehen, Doktor.«

Und der Arzt, der sich die Hände seifte, antwortete mit einem Brummen.

»Wie ist die Temperatur?«

»So so«, antwortete Maigret.

Er war in so heiterer Stimmung wie am Anfang der Geschichte, als es für ihn ein so großes Glück gewesen war, mit dem Leben davongekommen zu sein.

»Und der Schmerz?«

»Ach, ich gewöhne mich allmählich daran.«

Wie jeden Tag wurden die gleichen Gesten vollführt, die schon zu einer Art Ritual geworden waren.

Rivauds Gesicht kam dabei Maigret ganz nah, der plötzlich bemerkte:

»Man sieht Ihnen den semitischen Einschlag kaum an.«

Keine Antwort. Nur der regelmäßige, ein wenig pfeifende Atem des Arztes, der mit der Sonde in die Wunde fuhr. Nachdem er damit fertig war und die Wunde wieder verbunden hatte, sagte er:

»Sie sind jetzt transportfähig.«

»Was wollen Sie damit sagen?«

»Daß Sie nicht mehr in diesem Hotelzimmer gefangen sind. War nicht die Rede davon, daß Sie einige Tage bei Ihrem Freund Leduc verbringen sollten?«

Ein Mann mit Selbstbeherrschung, das stand fest. Seit mindestens einer Viertelstunde blickte Maigret ihn unverwandt an, aber er zuckte nicht mit der Wimper, und seine Finger zitterten nicht im mindesten, während sie die komplizierten Handgriffe dieses Berufes verrichteten.

»Ich werde von jetzt an nur noch jeden zweiten Tag kommen, ansonsten werde ich Ihnen meinen Assistenten schicken. Sie können ihm unbesorgt vertrauen.«

»Ebensosehr wie Ihnen?«

Es gab Augenblicke – nur wenige übrigens –, da Maigret nicht umhin konnte, eine Bemerkung dieser Art hinzuwerfen, mit einer einfältigen Miene, die ihr erst die richtige Würze gab.

»Guten Abend!«

Und schon war er weg. Maigret war von neuem mit all den Personen im Kopf allein, dazu diesem Samuel, der zu der Sammlung hinzugekommen war und gleich den ersten Platz eingenommen hatte.

Zeichnete ihn doch der nicht gerade alltägliche Umstand aus, zweimal gestorben zu sein.

War er der Mörder der beiden Frauen? Der Verrückte mit der Nadel? Dann gab es einige ungewöhnliche Punkte, zumindest zwei: Erstens, daß er sich Bergerac zum Schauplatz seiner Taten ausgesucht hatte. Leute dieser Art ziehen die Großstädte vor, in deren bunt zusammengewürfelter Bevölkerung sie untertauchen können.

Aber man hatte Samuel weder in Bergerac noch im ganzen Departement je gesehen, und er war mit seinen Lackschuhen nicht der Mann, der wie ein Operettenbandit im Wald hauste.

Mußte man nicht davon ausgehen, daß er bei jemandem Unterschlupf fand? Bei dem Arzt? Bei Leduc? Bei Duhourceau? Im ›Hôtel d'Angleterre‹?

Zweitens, die Verbrechen in Algier waren überlegte Verbrechen, klug eingefädelte Verbrechen, die darauf abzielten, gefährlich gewordene Komplizen aus dem Weg zu räumen.

Die Verbrechen in Bergerac dagegen waren das Werk eines Irren oder eines Sadisten. War Samuel seither verrückt geworden? Oder aber hatte er aus einem geheimnisvollen Grund das Bedürfnis verspürt, den Wahnsinn vorzutäuschen, und war die Geschichte mit der Nadel lediglich ein trauriger Vorwand?

»Es würde mich doch interessieren zu wissen, ob Duhourceau schon einmal in Algerien gewesen ist«, murmelte Maigret vor sich hin.

Seine Frau kam herein. Sie war müde, warf ihren Hut auf den Tisch und ließ sich in den Sessel fallen.

»Was hast du bloß für einen Beruf«, seufzte sie. »Wenn ich denke, daß du dich ständig mit solchen Sachen befassen mußt!«

»Was Neues?«

»Nichts Interessantes. Ich habe gehört, daß man aus Paris den Bericht über Samuel bekommen hat. Man hält ihn geheim.«

»Ich kenne ihn.«

»Leduc? Von ihm doch sicher. Denn dir mißtraut man hier nach wie vor. Die Leute wissen nicht mehr, was sie von der Sache halten sollen. Es gibt welche, die behaupten, Samuel habe nichts mit den Verbrechen des Verrückten zu tun. Das sei einfach ein Mann, der hergekommen ist, um sich im Wald das Leben zu nehmen, und über kurz oder lang werde es ein nächstes Opfer geben.«

»Warst du in der Nähe der Villa von Rivaud?«

»Ja. Ich habe nichts gesehen. Dagegen habe ich etwas erfahren, das vielleicht keine Bedeutung hat. Zwei- oder dreimal war in der Villa eine ziemlich gewöhnliche Frau mittleren Alters zu Besuch, von der man glaubt, daß sie die Schwiegermutter des Arztes sei. Aber niemand weiß, wo sie wohnt, noch ob sie noch lebt. Das letztemal war das vor zwei Jahren.«

»Gib mir den Telefonapparat.«

Und Maigret verlangte das Kommissariat.

»Ist dort der Sekretär? ... Nein, Sie brauchen Ihren Chef nicht zu bemühen. Sagen Sie mir nur den Mädchennamen von Madame Rivaud. Das dürfen Sie doch wohl?«

Einige Augenblicke später lächelte er. Die Sprechmuschel mit der Hand bedeckend, sagte er zu seiner Frau: »Man hat erst den Kommissar gefragt, ob man mir die Auskunft geben darf. Sie wissen nicht, was sie tun sollen. Sie würden mir die Auskunft gern verweigen. Hallo ... Ja ... Was sagten Sie? ... Beausoleil? ... Vielen Dank ...«

Und nachdem er den Hörer wieder aufgelegt hatte: »Ein prächtiger Name. Und jetzt werde ich dir eine schwere Arbeit geben. Du wirst dir einen Bottin besorgen und wirst alle medizinischen Fakultäten und Akademien Frankreichs herausschreiben. Dann rufst du jede von ihnen an und fragst, ob vor einigen Jahren ein gewisser Rivaud dort sein Staatsexamen gemacht hat.«

»Glaubst du, er hätte es nicht? Aber – aber – er hat dich doch behandelt!«

»Nun, tu, was ich dich geheißen habe.«

»Soll ich von der Zelle unten aus anrufen? Ich habe bemerkt, daß man alles, was man dort spricht, im Saal hört.«

»Na, wunderbar!«

Und er war wieder einmal allein, stopfte sich eine Pfeife und schloß das Fenster, denn es wurde draußen kühl.

Es fiel ihm nicht schwer, sich die Villa des Arztes und das düstere Haus des Staatsanwalts vorzustellen, ihm, dem es einen solchen Genuß bereitete, sich in die Atmosphäre fremder Lebensumstände zu versetzen.

Mußte die in der Villa nicht besonders merkwürdig sein? Eines jener Häuser, die die Vorübergehenden neidisch machen.

›Wie glücklich müssen die dort drinnen sein.‹

Man sieht helle Zimmer, schimmernde Vorhänge, Blumen im Garten, blitzende Messingklinken. Vor der Garage steht ein Auto mit leise surrendem Motor. Ein junges schlankes Mädchen setzt sich ans Steuer oder aber der Chirurg selbst, mit seinem untadeligen Benehmen ...

Was mochten sich die drei abends zu sagen haben? Wußte Madame Rivaud von dem Verhältnis ihrer Schwester und ihres Mannes?

Sie war nicht hübsch. Sie wußte es. Sie hatte nichts von einer Frau, in die man sich verliebt, sondern ließ vielmehr an eine in ihr Schicksal ergebene Mutter oder Hausfrau denken ...

Und Françoise, die vor Leben sprühte.

Versteckten sie sich vor ihr? Tauschten sie heimlich Küsse hinter den Türen?

Oder hatten sich alle Beteiligten damit abgefunden? Maigret hatte so etwas schon erlebt, auch in der Provinz, in einem weit sittenstrengeren Hause.

Woher kamen diese Beausoleils? War die Geschichte von dem Krankenhaus in Algier wahr?

Madame Rivaud war jedenfalls in jener Zeit bestimmt ein einfaches Mädchen aus dem Volk gewesen. Man spürte das an winzigen Einzelheiten, an gewissen Blicken, an gewissen Gesten, an der ganzen Haltung, an der Art, sich anzuziehen.

Zwei einfache Mädchen aus dem Volk. Die ältere verriet selbst nach Jahren noch, woher sie stammte. Die jüngere dagegen hatte sich viel besser der neuen Umgebung angepaßt und vermochte den Leuten Sand in die Augen zu streuen.

Haßten sie sich? Vertrauten sie sich gegenseitig ihre Geheimnisse an? Waren sie eifersüchtig aufeinander?

Und die Mutter Beausoleil, die zweimal nach Bergerac gekommen war? Ohne zu wissen, warum, stellte Maigret sie sich als eine dicke Frau vor, die froh darüber war, ihre Töchter gut untergebracht zu haben, und ihnen empfahl, sehr nett zu einem so bedeutenden und reichen Herrn wie dem Chirurgen zu sein.

Sie erhielt gewiß eine kleine Rente.

›Ich kann sie mir gut in Paris vorstellen, im 18. Arrondissement, oder noch besser in Nizza.‹

Unterhielten sie sich beim Abendessen über die Verbrechen?

Einen Besuch dort machen, einen einzigen, nur für

ein paar Minuten! Die Wände betrachten, die Nippes, die in jedem Haus herumliegenden kleinen Gegenstände, die so aufschlußreich sind, so viel vom Privatleben einer Familie verraten.

Auch bei Duhourceau! Denn es gab eine Verbindung zwischen beiden. Vielleicht nur eine sehr dünne, aber jedenfalls eine Verbindung.

All diese Leute bildeten eine Sippschaft und unterstützten einander.

Plötzlich läutete Maigret und ließ den Wirt bitten, heraufzukommen. Unvermittelt fragte er ihn:

»Wissen Sie, ob Duhourceau oft bei den Rivauds zu Abend ißt?«

»Jeden Mittwoch. Ich weiß es, weil er dann nicht seinen Wagen benutzt, und weil mein Neffe, der Taxifahrer ist . . .«

»Danke.«

»Ist das alles?«

Der Hotelier ging verblüfft davon. Und Maigret setzte im Geist noch einen Tischgenossen an das weiße Tischtuch: den Staatsanwalt, der bestimmt rechts von Madame Rivaud saß.

›Und an einem Mittwoch, oder vielmehr in der Nacht von Mittwoch auf Donnerstag hat man auf mich geschossen, als ich aus dem Zug sprang, und in dieser Nacht ist Samuel getötet worden‹, wurde ihm plötzlich klar.

Sie hatten also dort zusammen zu Abend gegessen. Maigret hatte das Gefühl, plötzlich einen großen Schritt vorwärtsgekommen zu sein. Er nahm den Telefonhörer ab.

»Hallo! Ist dort das Fernamt? Hier spricht die Polizei, Mademoiselle ...«

Er verstellte seine Stimme, denn er hatte Angst, erkannt zu werden.

»Würden Sie mir bitte sagen, ob Monsieur Rivaud am letzten Dienstag aus Paris angerufen worden ist?«

»Ich werde auf seinem Blatt nachsehen.«

Das dauerte nicht einmal eine Minute.

»Er hat um zwei Uhr nachmittags ein Gespräch mit Paris Archive 1467 geführt.«

»Haben Sie dort ein Telefonbuch, in dem die Fernsprechteilnehmer nach Nummern verzeichnet sind?«

»Mir scheint, ich habe es irgendwo gesehen. Bleiben Sie am Apparat.«

Ein hübsches Mädchen sicherlich und heiter. Maigret sprach lächelnd mit ihr.

»Hallo ... Ich habe es gefunden. Es ist das Restaurant ›Quatre-Sergents‹ an der Place de la Bastille.«

»Ein Drei-Minuten-Gespräch?«

»Nein, drei Einheiten, also neun Minuten.«

Neun Minuten! Um zwei Uhr! Der Zug fuhr um drei ab. Am Abend, als Maigret in dem überheizten Waggon unter dem Bett seines von Schlaflosigkeit geplagten Reisegefährten lag, aß der Staatsanwalt bei den Rivauds.

Maigret brannte vor Ungeduld. Fast wäre er aus seinem Bett gesprungen, denn er spürte, er war dem Ziel nahe. Und diesmal täuschte er sich nicht.

Die Wahrheit war fast mit den Händen zu greifen. Es war nur noch eine Frage der Witterung und der Deutung der Beweisstücke, die er besaß.

Aber gerade in solchen Augenblicken riskiert man, die falsche Spur aufzunehmen.

›Also sie sitzen bei Tisch ... Was hat Rosalie hinsichtlich des Staatsanwalts andeuten wollen? Zweifellos Leidenschaften, die mit seinem Alter und seinem Beruf unvereinbar sind ... In Kleinstädten kann man nicht das Kinn eines kleinen Mädchens streicheln, ohne als Schmutzfink zu gelten ... Hat Françoise ... Sie ist genau der Frauentyp, der einen älteren Mann zu entflammen vermag ... Nun also, sie sitzen bei Tisch. Im Zug sind Samuel und ich in einem Abteil. Und Samuel hat schon Angst ... Es steht fest, daß er Angst hat. Er zittert ... er keucht ...

Maigret war in Schweiß gebadet. Unten hörte er die Kellnerin mit dem Geschirr klappern.

Springt er aus dem fahrenden Zug, *weil er glaubt, er werde verfolgt, oder weil er glaubt, man erwarte ihn?*‹

Das ist eine entscheidende Frage. Maigret spürt es.

Er ist da auf einen wichtigen Punkt gestoßen.

Halblaut wiederholt er, als ob ihm jemand darauf antworten solle:

›*Weil er glaubt, er werde verfolgt, oder weil er glaubt, er werde erwartet?*‹

Aber da ist noch das Telefongespräch.

Seine Frau kommt so erregt herein, daß sie gar nicht bemerkt, in welcher Spannung er sich befindet.

»Man muß sofort einen Arzt kommen lassen, einen richtigen. Das ist unerhört! Es ist ein Verbrechen! Wenn ich denke ...«

Und sie blickt ihn an, als ob sie in seinem Gesicht beunruhigende Krankheitszeichen suche.

»Er hat kein Diplom. Er ist kein Arzt. Er ist in keinem Register verzeichnet. Jetzt ist mir klar, warum das Fieber immer noch andauert und die Wunde sich nicht schließt.«

Das Telefon läutet. Der Hotelier ist am Apparat.

»Monsieur Duhourceau fragt, ob er hinaufkommen kann.«

»Na also«, triumphiert Maigret, »er weiß, daß er erwartet wird.«

8

Ein Bücherliebhaber

Von einem Augenblick zum anderen veränderte sich Maigrets Gesichtsausdruck, wurde trübe und gleichgültig wie der eines Kranken, der sich langweilt.

Vielleicht bekam dadurch auch das Zimmer ein anderes Aussehen. Es wirkte häßlicher als sonst mit dem ungemachten Bett, das man ans Fenster gerückt hatte, dem Stück Teppich, das dort neuer aussah, wo das Bett vorher gestanden hatte, den Medikamenten auf dem Nachttisch, dem Hut Madame Maigrets, der irgendwo herumlag.

Madame Maigret hatte gerade einen kleinen Spirituskocher angesteckt, um darauf einen Tee zu kochen.

Das Ganze wirkte, so gesehen, wenig einladend. Jemand klopfte leise an die Tür. Madame Maigret öffnete. Der Staatsanwalt kam herein und reichte ihr, nachdem er sich verneigt hatte, seinen Stock und seinen Hut und ging dann auf das Bett zu.

»Guten Abend, Herr Kommissar.«

Er war nicht besonders verlegen. Er ließ eher an einen Mann denken, der sich zusammenreißt, um eine bestimmte Aufgabe durchzuführen.

»Guten Abend, Herr Staatsanwalt. Setzen Sie sich bitte.«

Und zum erstenmal sah Maigret ein Lächeln auf Duhourceaus sonst immer sauertöpfischem Gesicht. Ein bloßes Hochziehen der Lippen. Auch das war vorbereitet.

»Ich habe fast Gewissensbisse Ihretwegen. Erstaunt Sie das? Ja, ich habe mir Vorwürfe gemacht, daß ich Ihnen gegenüber ein wenig streng gewesen bin. Sie haben freilich manchmal eine so aufreizende Haltung ...«

Er hatte sich gesetzt, hatte die beiden Hände flach auf den Schenkeln liegen und beugte sich vor, und Maigret blickte ihn an, aber mit völlig ausdruckslosen Augen.

»Kurz, ich habe mich entschlossen, Sie ins Bild zu setzen.«

Gewiß, der Kommissar hörte zu, aber er wäre unfähig gewesen, auch nur den kleinsten Satz des anderen zu wiederholen. In Wirklichkeit war er damit beschäftigt, sich ein Bild von dem anderen zu machen, körperlich und moralisch.

Ein sehr heller, fast zu heller Teint, den das graue Haar und der Schnurrbart noch stärker betonten. Duhourceau litt nicht an der Leber, nicht unter hohem Blutdruck, nicht an Gicht.

An welcher Krankheit mochte er leiden? Denn man wird nicht fünfundsechzig Jahre alt, ohne an irgend etwas zu leiden.

›Arteriosklerose‹, beantwortete Maigret sich seine Frage. Und er betrachtete die mageren Finger, die Hände mit der weichen Haut, in der sich die Adern allerdings dick und hart wie Glas abzeichneten.

Ein kleiner, nervöser, intelligenter, zu Wutanfällen neigender Mann. Und wo ist seine moralische Schwäche, wo sein Laster?

Er hatte eins. Man spürte es. Bei all der Würde hatte der Staatsanwalt etwas Verschwommenes, Ausweichendes, Verstohlenes.

»In zwei bis drei Tagen spätestens wird die Untersuchung abgeschlossen sein«, sagte er. »Denn die Tatsachen sprechen für sich selbst. Wie Samuel dem Tode entgangen ist und wie er es fertiggebracht hat, einen anderen an seiner Stelle begraben zu lassen, geht nur die Staatsanwaltschaft in Algier an, falls es ihr beliebt, diese alte Geschichte auszugraben. Meiner Meinung nach wird man das aber nicht tun.«

Es gab Augenblicke, da seine Stimme etwas leiser wurde. Das geschah, wenn er in Maigrets Blick eine Reaktion suchte, sie aber nicht fand. Er fragte sich dann gewiß, ob der Kommissar ihm überhaupt zuhörte, ob er dieses Fehlen jeglicher Reaktion als Ironie deuten mußte.

Er versuchte, seiner Stimme einen entschlosseneren Klang zu geben.

»Jedenfalls trifft jener Samuel, der vielleicht schon dort geistig nicht ganz gesund war, in Frankreich ein, versteckt sich überall und wird bald wahnsinnig. So etwas kommt oft vor, wie Dr. Rivaud Ihnen sagen wird. Er begeht seine Verbrechen. Im Zug glaubt er, Sie seien ihm auf der Spur. Er schießt auf Sie, und als er schließlich nicht mehr aus noch ein weiß, nimmt er sich das Leben.«

Allzu beiläufig fuhr der Staatsanwalt fort:

»Daß bei der Leiche kein Revolver gelegen hat, erscheint mir ziemlich unwichtig. Die Annalen liefern uns Hunderte von Beispielen dieser Art. Ein Landstreicher oder ein Kind kann dort vorbeigekommen sein, und erst in zehn oder zwanzig Jahren wird man das erfahren. Das Entscheidende ist, daß der Schuß aus nächster Nähe abgegeben worden ist, wie es die Autopsie beweist. So, das wäre in wenigen Worten ...«

›Was ist sein Laster?‹ fragte sich Maigret von neuem. Nicht der Alkohol. Nicht das Spiel. Und, seltsam, der Kommissar war versucht, darauf zu antworten: Auch nicht die Frauen. Geiz? Das war schon glaubhafter. Man konnte sich Duhourceau gut vorstellen, wie er hinter verschlossenen Türen seinen Panzerschrank öffnete und auf dem Tisch Bündel von Geldscheinen und kleine Goldsäcke nebeneinanderreihte ...

Alles in allem wirkte er wie ein Einzelgänger. Aber das Spiel ist ein Laster, dem man nicht allein frönt. Und die Liebe ebenso. Der Alkohol auch fast immer ...

»Waren Sie schon einmal in Algerien?«

»Ich?«

Wenn jemand so mit »ich« antwortet, will er in neun von zehn Fällen Zeit gewinnen.

»Warum fragen Sie mich das? Wirke ich wie jemand, der in den Kolonien gelebt hat? Nein, ich bin nie in Algerien gewesen, nicht einmal in Marokko. Meine größte Reise war eine Fahrt zu den Fjorden in Norwegen. Das war 1923.«

»Ja. Ich weiß wirklich nicht, warum ich Ihnen diese

Frage gestellt habe. Sie können sich nicht vorstellen, wie dieser Blutverlust mich geschwächt hat.«

Wieder ein alter Trick Maigrets. Von einem Thema zum anderen springen und plötzlich von Dingen sprechen, die gar nichts mit dem Gespräch zu tun haben. Der Gesprächspartner, der eine Falle fürchtet, versucht, dort eine verborgene Absicht zu erraten, wo es keine gibt. Er zerbricht sich den Kopf, wird unsicher und verliert schließlich den Faden.

»Ich habe das auch dem Arzt gesagt. Übrigens, wer kocht bei ihnen?«

»Aber ...«

Maigret ließ ihm nicht die Zeit, zu antworten.

»Wenn es eine der beiden Schwestern tut, dann bestimmt nicht Françoise. Man kann sie sich besser am Steuer eines Luxuswagens als am Herd vorstellen. Würden Sie so freundlich sein, mir das Wasserglas zu reichen?«

Und Maigret stützte sich auf einen Ellbogen und begann zu trinken, aber so ungeschickt, daß er das Glas fallen ließ und sein Inhalt sich auf Duhourceaus Bein ergoß.

»Entschuldigen Sie. So etwas Dummes. Meine Frau wird es gleich abwischen. Ein Glück nur, daß das keine Flecken macht.«

Der andere war wütend. Das Wasser, das durch die Hose gedrungen war, floß ihm sicher die Wade hinunter.

»Bemühen Sie sich nicht, Madame. Wie Ihr Mann sagt, gibt das keine Flecken. Es hat also nichts zu sagen.«

Er sagte das in ironischem Ton.

Maigrets Worte und dann noch dieser kleine Zwischenfall hatten ihn die gute Stimmung verlieren lassen, die er am Anfang zur Schau getragen hatte. Er war aufgestanden. Es fiel ihm ein, daß er noch anderes zu sagen hatte.

Aber jetzt spielte er seine Rolle schlecht, und es gelang ihm nur eine sehr bedingte Herzlichkeit.

»Was sind Ihre Absichten, Herr Kommissar?«

»Immer noch dieselben.«

»Das heißt?«

»Natürlich den Mörder dingfest machen. Und wenn ich dann noch Zeit habe, werde ich endlich meinen Freund Leduc besuchen, bei dem ich schon seit vierzehn Tagen sein sollte.«

Duhourceau war blaß vor Zorn und Empörung. Was war das? Da war er extra hergekommen, um Maigret all das zu berichten, was er berichtet hatte, und ihm fast den Hof zu machen. Aber dann, nachdem er ihm ein Glas Wasser übers Bein geschüttet hatte – und der Staatsanwalt war davon überzeugt, daß Maigret es absichtlich getan hatte –, hatte er die Stirn, ihm zu erklären: »Ich werde den Mörder dingfest machen.«

Und das ihm, dem Staatsanwalt, genau in dem Augenblick, da er versichert hatte, es gebe keinen Mörder mehr. Wirkte das nicht wie eine Drohung? Mußte er wieder einmal die Tür laut hinter sich zuschlagen und davongehen?

Nun, Duhourceau gelang dennoch ein Lächeln.

»Sie sind sehr beharrlich, Kommissar.«

»Wissen Sie, wenn man den ganzen Tag im Bett

liegt und nichts zu tun hat ... Haben Sie nicht zufällig ein paar Bücher, die Sie mir leihen könnten?«

Wieder eine Fangfrage, und Maigret hatte den Eindruck, daß der Blick Duhourceaus unruhiger wurde.

»Ich werde Ihnen welche schicken.«

»Heitere Sachen, wenn es geht.«

»Es ist Zeit, daß ich gehe.«

»Meine Frau wird Ihnen Ihren Hut und Ihren Stock bringen. Essen Sie zu Hause zu Abend?«

Und er reichte dem Staatsanwalt die Hand. Dieser wagte nicht, ihm seine zu entziehen. Nachdem sich die Tür geschlossen hatte, starrte Maigret zur Decke, und seine Frau begann:

»Glaubst du, daß ...«

»Arbeitet Rosalie immer noch im Hotel?«

»Ich glaube, ich bin ihr auf der Treppe begegnet.«

»Du solltest sie mir holen.«

»Die Leute werden wieder sagen ...«

»Macht nichts.«

Und während er wartete, dachte Maigret:

›Duhourceau hat Angst. Er hat von Anfang an Angst gehabt, Angst, daß man den Mörder entdecke, und Angst, daß man in seinem Privatleben herumstöbere. Rivaud hat auch Angst. Madame Rivaud ebenfalls ...‹

Es blieb nur noch festzustellen, welche Beziehung diese Leute zu Samuel hatten, dem Exporteur armer Teufel aus Mitteleuropa und Spezialisten in der Herstellung gefälschter Papiere.

Der Staatsanwalt war kein Jude. Rivaud war es vielleicht, aber es war nicht sicher.

Die Tür öffnete sich. Rosalie kam herein, begleitet von Madame Maigret. Das Mädchen wischte sich die ungepflegten roten Hände an der Leinenschürze ab.

»Sie haben mich rufen lassen?«

»Ja, meine Liebe. Setzen Sie sich hierher.«

»Wir dürfen uns in den Zimmern der Gäste nicht setzen.«

Der Ton ließ das Folgende vorausahnen. Es war nicht mehr das geschwätzige und zutrauliche Mädchen von neulich. Man hatte ihr gewiß die Leviten gelesen und sie durch Drohungen eingeschüchtert.

»Ich wollte Sie nur um eine einfache Auskunft bitten. Haben Sie nie bei dem Staatsanwalt gearbeitet?«

»Ich habe dort zwei Jahre gearbeitet.«

»Das dachte ich mir doch. Als Köchin? Als Kammerzofe?«

»Er braucht als Mann doch keine Zofe.«

»Richtig. Dann haben Sie die groben Arbeiten verrichtet? Sie mußten das Parkett bohnern und Staub wischen ...«

»Ich habe den Haushalt besorgt.«

»Und so sind Sie hinter die kleinen Geheimnisse des Hauses gekommen. Wie viele Jahre ist das her?«

»Ich habe die Stellung vor einem Jahr verlassen.«

»Mit anderen Worten, Sie waren da ein ebenso schönes Mädchen wie heute ... Aber ja!«

Maigret lachte nicht. Er verstand sich wunderbar darauf, Dinge im Ton ehrlicher Überzeugung zu sagen. Rosalie war übrigens nicht häßlich. Sie hatte einen üppigen Busen, der bestimmt schon viele neugierige Hände angelockt hatte.

»Sah Ihnen der Staatsanwalt manchmal bei der Arbeit zu?«

»Das hätte er sich unterstehen sollen! Ich hätte ihm schon Eimer und Scheuerlappen um die Ohren geschlagen.«

Etwas besänftigte Rosalie ein wenig: nämlich zu sehen, daß Madame Maigret kleine Hausarbeiten verrichtete. Sie war es, die sie vor allem anblickte, und plötzlich konnte sie nicht mehr an sich halten und sagte: »Ich werde Ihnen eine kleine Bürste bringen. Unten sind welche. Mit dem Besen ist es zu ermüdend ...«

»Empfing der Staatsanwalt viele Frauen?«

»Ich weiß es nicht.«

»Aber doch! Antworten Sie mir ehrlich, Rosalie. Sie sind nicht nur ein schönes, sondern auch ein braves Mädchen, und Sie erinnern sich gewiß, daß ich der einzige gewesen bin, der Sie neulich in Schutz genommen hat, als man andeutete ...«

»Es hätte dennoch keinen Zweck.«

»Was?«

»Wenn ich etwas sagte. Erstens würde es Albert – das ist mein Bräutigam – seine Zukunft verderben, denn er will in die Verwaltung eintreten. Und dann würde man mich als Verrückte einsperren. Und alles, weil ich jede Nacht träume und meine Träume erzähle.«

Sie kam in Fahrt. Man brauchte nur noch ein wenig nachzuhelfen.

»Sie sprachen von einem Skandal.«

»Wenn es nur das wäre!«

»Monsieur Duhourceau hat also, wie Sie sagen, keine Frauen empfangen? Aber er fährt oft nach Bordeaux.«

»Das ist mir gleichgültig.«

»Nun, der Skandal ...«

»Jeder könnte es Ihnen erzählen, denn alle wissen es. Es ist gut zwei Jahre her. Aus Paris war ein kleines eingeschriebenes Paket angekommen, aber als der Briefträger es nehmen wollte, hat er gemerkt, daß das Etikett mit der Adresse abgegangen war. Man wußte nicht mehr, für wen es bestimmt war. Der Name des Absenders stand nicht darauf.

Man hat acht Tage gewartet, ehe man es öffnete, weil man hoffte, es würde jemand kommen und es reklamieren. Und wissen Sie, was man darin gefunden hat?

Fotos. Aber nicht gewöhnliche Fotos ... Nur nackte Frauen ... Und nicht nur Frauen, Paare.

Man hat sich dann zwei oder drei Tage gefragt, wer solche Sachen in Bergerac bekäme. Der Postvorsteher hat sogar den Kommissar angerufen.

Nun, und eines schönen Tages kam genau das gleiche Paket, in das gleiche Papier eingepackt. Diesmal war das Etikett aber nicht abgegangen, und das Paket war an Duhourceau adressiert.«

Maigret war nicht im geringsten darüber erstaunt. Hatte er nicht vorhin gedacht: einsames Laster?

Nicht um sein Geld zu zählen, schloß sich der Staatsanwalt abends in seinem düsteren Arbeitszimmer im ersten Stock ein, sondern um Fotos zu betrachten und zweifellos auch pornographische Bücher zu lesen.

»Hören Sie, Rosalie, ich verspreche Ihnen, Sie nicht zu erwähnen. Gestehen Sie, als Sie von dem erfahren haben, was Sie mir eben gesagt haben, haben Sie in der Bibliothek nachgesehen.«

»Wer hat Ihnen das gesagt? Erstens waren die Bücherschränke unten immer verschlossen. Nur einmal habe ich an einem einen Schlüssel gefunden.«

»Und was haben Sie gesehen?«

»Sie wissen es genau. Ich habe sogar nächtelang Alpträume gehabt und habe Albert einen Monat lang nicht sehen wollen.«

Hm. Ihre Beziehungen zu dem blonden Verlobten wurden klarer.

»Sehr dicke Bücher, nicht wahr? Auf schönem Papier mit Stichen ...«

»Ja. Und andere. Dinge, von denen man gar nicht glauben kann, daß es so was gibt.«

War das das ganze Geheimnis Duhourceaus? Dann war er zu bemitleiden. Ein armer Junggeselle, der isoliert in Bergerac lebte, wo er eine Frau nicht anlächeln konnte, ohne daß das einen Skandal auslöste.

Er tröstete sich damit, daß er auf seine Art Bibliophile wurde, galante Stiche, erotische Fotos, Bücher sammelte, die in den Katalogen als ›Werke für Kenner‹ angeboten werden.

Und er hatte Angst ...

Aber diese Leidenschaft hatte kaum etwas mit der Ermordung der beiden Frauen zu tun, noch gar mit Samuel.

Es sei denn, daß Samuel ihm die Fotos lieferte. Ja? Nein? Maigret zögerte. Rosalie trat von einem Bein aufs andere. Sie war dunkelrot und selber verwundert darüber, daß sie soviel gesagt hatte.

»Wenn Ihre Frau nicht hier wäre, hätte ich nie gewagt ...«

»Kam Dr. Rivaud oft zu Duhourceau?«

»Fast nie. Er telefonierte.«

»Niemand aus seiner Familie?«

»Nur Mademoiselle Françoise, die als Sekretärin für ihn gearbeitet hat.«

»Für den Staatsanwalt?«

»Ja. Sie hatte sogar eine kleine Reiseschreibmaschine mitgebracht.«

»Befaßte sie sich mit Gerichtsakten?«

»Ich weiß nicht, womit sie sich befaßte, aber es war eine besondere Arbeit, die sie in dem kleinen Büro tat, das ein Vorhang von der Bibliothek trennt. Ein dicker Vorhang aus grünem Samt.«

»Und?«

»Das habe ich nicht gesagt! Ich habe nichts gesehen.«

»Hat das längere Zeit gedauert?«

»Sechs Monate. Dann ist Mademoiselle zu ihrer Mutter nach Paris oder Bordeaux gefahren, ich weiß nicht genau, wohin.«

»Kurz, Monsieur Duhourceau hat Ihnen nie den Hof gemacht?«

»Er wäre schön abgeblitzt!«

»Und Sie wissen nichts. Ich danke Ihnen. Ich verspreche Ihnen, Sie können ganz ohne Sorge sein. Ihr Verlobter wird nicht erfahren, daß Sie heute abend hier gewesen sind.«

Als sie gegangen war, seufzte Madame Maigret, die die Tür hinter ihr geschlossen hatte: »Wie schrecklich! Kluge Männer, die eine solche Stellung bekleiden ...«

Madame Maigret wunderte sich immer noch, wenn sie etwas Häßliches entdeckte. Sie konnte sich einfach nicht vorstellen, daß es solche Laster gab, diese brave Ehefrau, die nur den einen Kummer hatte, daß sie kein Kind hatte.

»Glaubst du nicht, daß das Mädchen übertreibt? Wenn du meine Meinung hören willst, sie will sich interessant machen. Sie würde Gott weiß was erzählen, wenn man ihr nur zuhört. Und jetzt möchte ich wetten, sie ist nie überfallen worden.«

»Ich auch.«

»Es ist wie mit der Schwägerin des Arztes. Sie ist nicht stark. Man könnte sie mit einer Hand zu Boden werfen. Und da sollte es ihr gelungen sein, sich von dem Mann zu befreien?«

»Du hast recht.«

»Ich glaube sogar, wenn das so weitergeht, wird man in acht Tagen zwischen Wahrheit und Lüge nicht mehr unterscheiden können. Solche Geschichten reizen die Phantasie der Leute. Sie erzählen morgens Geschichten, als hätten sie sie erlebt, die sie sich abends beim Einschlafen ausgedacht haben. Duhourceau ist jetzt bereits ein lasterhafter Mann. Morgen wird man dir sagen, der Polizeikommissar betrüge seine Frau und ... Aber du! Was wird man wohl über dich sagen? Denn es gibt keinen Grund, daß man nicht über dich spricht. Eines Tages werde ich ihnen unser Familienstammbuch zeigen müssen, wenn ich nicht als deine Geliebte gelten will.«

Maigret blickte sie gerührt an und lachte. Sie ereiferte sich. All diese Komplikationen erschreckten sie.

»Es ist wie mit diesem Arzt, der kein Arzt ist.«

»Wer weiß?«

»Wieso, wer weiß? Ich habe doch schließlich mit allen Universitäten und Medizinischen Akademien telefoniert und ...«

»Gib mir bitte meinen Tee.«

»Der wird dir wenigstens nicht schaden, denn den hat er nicht verschrieben.«

Während er trank, hielt er die Hand seiner Frau in der seinen. Es war heiß. Mit einem gleichmäßigen Geräusch, das wie das Schnurren eines Katers klang, entwich Dampf aus der Heizung.

Unten war das Abendessen beendet. Man begann Karten und Billard zu spielen.

»Ein guter Tee ist immer noch ...«

»Ja, Liebe, ein guter Tee.«

Und er küßte ihr die Hand mit einer Zärtlichkeit, die er hinter einer ironischen Miene verbarg.

»Du wirst es erleben. Wenn alles gutgeht, sind wir in zwei bis drei Tagen wieder zu Hause.«

»Und dann fängst du eine neue Untersuchung an!«

9

Die Entführung der Tänzerin

Maigret amüsierte sich über die verlegene Miene Leducs, der murmelte:

»Was nennst du, mich mit einer delikaten Mission betrauen?«

»Mit einer Mission, wenn du so willst, die nur du alleine ausführen kannst. Aber mach doch nicht so ein Gesicht. Du sollst weder bei dem Staatsanwalt einbrechen noch in die Villa der Rivauds einsteigen.«

Und Maigret zog eine Zeitung aus Bordeaux zu sich heran und deutete mit dem Finger auf eine Annonce.

»Eine Madame Beausoleil, die früher in Algier wohnhaft war, wird wegen einer Erbschaft gesucht. Sie möge sich umgehend bei Notar Maigret im ›Hôtel d'Angleterre‹ in Bergerac melden.«

Maigret lachte nicht. Er blickte seinen Kollegen mit einer nachdenklichen Miene an.

»Soll ich den falschen Notar spielen?«

Und Leduc sagte das alles andere als begeistert, so daß Madame Maigret, die sich hinten im Zimmer befand, ein Lachen nicht unterdrücken konnte.

»Nein. Die Annonce ist in einem Dutzend Zeitungen in Bordeaux und Umgebung und in den bedeutendsten Pariser Zeitungen erschienen.«

»Warum gerade in Bordeaux?«

»Mach dir keine Gedanken darüber. Wie viele Züge halten täglich in Bergerac?«

»Drei oder vier.«

»Es ist weder zu heiß noch zu kalt. Es regnet nicht. Gibt es ein Bistro am Bahnhof? Ja. Dies ist also die Mission: Du sollst bei der Ankunft jedes Zuges auf dem Bahnsteig sein, bis du Madame Beausoleil siehst ...«

»Aber ich kenne sie doch gar nicht.«

»Ich auch nicht. Ich weiß nicht einmal, ob sie dick oder mager ist. Sie muß zwischen vierzig und sechzig sein, und wahrscheinlich ist sie rundlich.«

»Aber da es in der Annonce heißt, sie solle sich hier einfinden, weiß ich nicht, warum ich ...«

»Sehr scharfsinnig! Nur, ich nehme an, daß auf dem Bahnhof eine dritte Person sein wird, die die Dame daran hindert herzukommen. Hast du nun deine Mission kapiert? Du mußt die Dame herschaffen, umsichtig und taktvoll.«

Maigret hatte den Bahnhof von Bergerac noch nie gesehen, aber vor ihm lag eine Ansichtskarte von ihm. Man sah darauf den in der Sonne liegenden Bahnsteig, das kleine Stationsgebäude und den Gepäckschuppen.

Es war köstlich, sich den armen Leduc vorzustellen, wie er in seinem Strohhut auf dem Bahnsteig auf jeden Zug wartend auf und ab ging, die Reisenden musterte, allen reiferen Damen folgte und sie gegebenenfalls fragte, ob sie Beausoleil hießen.

»Kann ich auf dich zählen?«

»Wenn es sein muß ...«

Mißmutig trollte er sich. Maigret sah, wie er unten

seinen Wagen in Gang zu bringen versuchte und, als es ihm nicht gelang, lange die Kurbel drehte.

Ein wenig später betrat Dr. Rivauds Assistent, der diesen jetzt bei Maigret vertrat, das Zimmer und verneigte sich tief vor Madame Maigret und dann vor dem Kommissar.

Es war ein rothaariger, schüchterner, hagerer junger Mann, der gegen alle Möbel stieß und sich unentwegt entschuldigte.

»Verzeihung, Madame, können Sie mir sagen, wo heißes Wasser ist?«

Und als er fast den Nachttisch umstieß: »Verzeihung, ach, Verzeihung!«

Während er Maigret untersuchte, fragte er besorgt: »Tue ich Ihnen nicht weh? Verzeihung. Könnten Sie sich vielleicht ein wenig hochrichten? Verzeihung ...«

Maigret lächelte bei dem Gedanken an Leduc, der jetzt seinen alten Ford vor dem Bahnhof parkte.

»Hat Dr. Rivaud viel Arbeit?«

»Ja, er ist sehr beschäftigt. Er ist immer sehr beschäftigt.«

»Er ist ein recht betriebsamer Mann, nicht wahr?«

»Sehr betriebsam. Ich meine, er hat eine geradezu erstaunliche Arbeitskraft. Verzeihung ... Denken Sie doch, er beginnt schon morgens um sieben Uhr mit der Behandlung der Armen. Dann ist er in seiner Klinik und dann im Krankenhaus. Er verläßt sich nicht auf seine Assistenten, wie es so viele andere tun, und er will sich von allem selbst überzeugen.«

»Ist Ihnen noch nie der Gedanke gekommen, daß er vielleicht gar kein Arzt ist?«

Dem anderen verschlug es fast die Sprache. Dann entschloß er sich zum Lachen.

»Sie scherzen! Dr. Rivaud ist wirklich kein gewöhnlicher Arzt, er ist ein sehr großer Arzt. Und wenn er in Paris leben wollte, würde er bald einen ungewöhnlichen Ruf haben.«

Der Assistent meinte das aufrichtig. Man spürte bei ihm echte Bewunderung, frei von Hintergedanken.

»Wissen Sie, wo er studiert hat?«

»In Montpellier, glaube ich. Ja, ich weiß es bestimmt. Er hat mir von seinen dortigen Professoren berichtet. Dann ist er in Paris Assistent von Dr. Martel gewesen.«

»Sind Sie dessen sicher?«

»In seinem Laboratorium hängt ein Foto, auf dem Dr. Martel im Kreis all seiner Mitarbeiter zu sehen ist.«

»Das ist seltsam.«

»Verzeihung, ist Ihnen wirklich der Gedanke gekommen, Dr. Rivaud sei kein Arzt?«

»Nicht eigentlich ...«

»Ich sage Ihnen noch einmal, und Sie können es mir glauben, er ist ein Meister seines Faches. Ich mache ihm nur den einen Vorwurf, daß er zuviel arbeitet, denn wenn das so weitergeht, wird er sich schnell verbrauchen. Ich habe ihn oft in einem Zustand der Nervosität gesehen, der ...«

»In der letzten Zeit?«

»Im Vertrauen gesagt, ja. Trotzdem hat er, wie Sie wissen, mir erst erlaubt, ihn bei Ihnen zu vertreten, als die Heilung gesichert war. Und es handelt sich nicht um einen sehr ernsten Fall. Ein anderer hätte Sie schon am ersten Tag seinem Assistenten überlassen.«

»Mögen ihn seine Mitarbeiter?«

»Alle bewundern ihn.«

»Ich frage Sie, ob sie ihn mögen.«

»Ja, ich glaube ... Es gibt keinen Grund ...«

Aber aus seinem Ton sprach ein gewisser Vorbehalt. Der Assistent machte offensichtlich einen Unterschied zwischen Bewunderung und Zuneigung.

»Sind Sie oft bei ihm zu Gast?«

»Nie. Ich sehe ihn jeden Tag im Krankenhaus.«

»Aber seine Familie kennen Sie nicht.«

Während dieser ganzen Unterhaltung nahm der Arzt alle die Verrichtungen vor, die Maigret mittlerweile eine um die andere vorhersagen konnte. Die Gardine war heruntergelassen, dämpfte das Sonnenlicht; nur die Geräusche vom Platz drangen herauf.

»Er hat eine sehr hübsche Schwägerin.«

Der junge Mann antwortete nicht darauf, sondern tat, als habe er es nicht gehört.

»Er fährt ziemlich oft nach Bordeaux, nicht wahr?«

»Man ruft ihn manchmal dorthin. Wenn er wollte, könnte er überall operieren, in Paris, in Nizza und sogar im Ausland.«

»Trotz seiner Jugend!«

»Für einen Chirurgen ist das ein Vorteil. Ältere Chirurgen sind im allgemeinen nicht beliebt.«

Die Behandlung war beendet. Der Assistent wusch sich die Hände, hielt nach einem Handtuch Ausschau und stammelte, als Madame Maigret ihm eins reichte: »Oh, Verzeihung ...«

Es waren da wieder neue Züge, die Maigret der Physiognomie Dr. Rivauds hinzufügen konnte. Seine Kollegen bescheinigten ihm hervorragende fachliche Qualitäten. Er arbeitete sehr viel.

Ehrgeizig? Wahrscheinlich. Und dennoch ließ er sich nicht in Paris nieder, wo er eigentlich hingehörte.

»Verstehst du das alles?« fragte Madame Maigret, als sie wieder allein waren.

»Ich? Zieh bitte die Gardine hoch ... Er ist offenbar Arzt. Sonst würde er seine Umgebung nicht so lange täuschen können, zumal er nicht in der Verborgenheit eines Sprechzimmers, sondern in einem Krankenhaus arbeitet.«

»Dennoch, die Universitäten ...«

»Jedes Ding zu seiner Zeit. Im Augenblick warte ich auf Leduc, dem mit seiner Begleitung gewiß nicht wohl in seiner Haut sein wird. Hast du nicht einen Zug gehört? Wenn es der aus Bordeaux ist, besteht die Möglichkeit, daß ...«

»Was erhoffst du dir?«

»Wart es ab! Gib mir die Streichhölzer.«

Es ging ihm besser. Seine Temperatur war auf 37,5 gefallen, und die Steifheit in seinem rechten Arm war fast völlig verschwunden. Ein noch besseres Zeichen war, daß er in seinem Bett nicht mehr stilliegen konnte. Er verbrachte seine Zeit damit, die Stellung zu wechseln, die Kissen hochzuziehen, sich aufzurichten, sich auszustrecken.

»Du könntest ein paar Leute anrufen.«

»Wen?«

»Ich möchte wissen, wo sich alle, die mich interessieren, im Augenblick befinden. Ruf zuerst den Staatsanwalt an. Wenn du seine Stimme am anderen Ende der Leitung hörst, häng wieder ein.«

Sie tat es. Währenddessen betrachtete Maigret den Platz und rauchte seine Pfeife in kleinen Zügen.

»Er ist zu Hause.«

»Jetzt ruf das Krankenhaus an. Verlange Dr. Rivaud.«

Auch er war da.

»Nun brauchst du nur noch in seiner Villa anzurufen. Wenn sich seine Frau meldet, verlange Françoise. Wenn sich Françoise meldet, verlange Madame Rivaud.«

Madame Rivaud meldete sich. Sie sagte, ihre Schwester sei nicht da, und fragte, ob sie etwas bestellen könne.

»Häng wieder ein!«

All diese Menschen würden jetzt beunruhigt sein und den ganzen Vormittag damit verbringen, herauszubekommen, wer da angerufen haben mochte.

Fünf Minuten später kam der Autobus des Hotels mit drei Reisenden vom Bahnhof, und der Hausdiener brachte ihr Gepäck auf die Zimmer. Dann kam der Briefträger mit dem Postsack angeradelt, den er ins Postamt brachte.

Endlich hörte man die unverkennbare Hupe des alten Ford, und gleich darauf hielt der Wagen vor dem Hotel. Maigret sah, daß jemand neben Leduc saß, und er glaubte, eine dritte Person im Fond zu bemerken.

Er täuschte sich nicht. Der arme Leduc stieg als erster aus, blickte beklommen um sich, wie jemand, der fürchtet, sich lächerlich zu machen, und half einer dikken Dame, die ihm fast in die Arme fiel, beim Aussteigen.

Ein junges Mädchen war schon vorher herausgesprungen. Als erstes warf sie einen bösen Blick zu Maigrets Fenster hinauf.

Es war Françoise in einem hellgrünen eleganten Kostüm.

»Kann ich bleiben?« fragte Madame Maigret.

»Warum nicht? Mach die Tür auf. Sie kommen.«

Man hörte laute Schritte auf der Treppe, und gleich darauf kam die dicke Dame, keuchend und sich den Schweiß abwischend, herein.

»Das ist also der Notar, der kein Notar ist!«

Eine ordinäre Stimme, und nicht nur die Stimme war ordinär. Vielleicht war sie nicht älter als fünfundvierzig. Jedenfalls war sie noch eitel, denn sie war geschminkt wie eine Schauspielerin.

Eine Blonde mit wabbeligem Körper und ein wenig schlaffen Lippen.

Wenn man sie ansah, hatte man das Gefühl, sie schon irgendwo gesehen zu haben, und plötzlich wußte man, warum: Sie gehörte der selten gewordenen Gattung der Varietésängerinnen an. Ein herzförmiger Mund, eine enggeschnürte Taille, ein aufreizender Blick und entblößte weiße Schultern. Die besondere Art, sich tänzelnd zu bewegen, den Gesprächspartner anzusehen, wie man auf Varietébühnen das Publikum ansieht.

»Madame Beausoleil?« fragte Maigret sehr zuvorkommend. »Setzen Sie sich bitte. Sie auch, Mademoiselle.«

Aber Françoise setzte sich nicht. Sie war außer sich.

»Ich weise Sie darauf hin«, sagte sie, »daß ich Sie verklagen werde. Es ist einfach unerhört ...«

Leduc blieb so beschämt neben der Tür stehen, daß man merkte, es war nicht alles glatt gegangen.

»Beruhigen Sie sich, Mademoiselle. Und entschuldigen Sie bitte meinen Wunsch, Ihre Mutter zu sehen.«

»Wer hat Ihnen gesagt, daß es meine Mutter ist?«

Madame Beausoleil verstand nicht. Sie blickte nacheinander Maigret, der sehr ruhig war, und Françoise an, die vor Zorn kaum an sich halten konnte.

»Ich vermute es zumindest, da Sie sie am Bahnhof abgeholt haben.«

»Mademoiselle wollte ihre Mutter hindern, herzukommen«, seufzte Leduc, der auf den Teppich starrte.

»Und was hast du getan?«

Es war Françoise, die antwortete:

»Er hat uns bedroht. Er hat von einem Haftbefehl gesprochen, als ob wir Diebinnen wären. Er soll ihn doch zeigen, den Haftbefehl, sonst ...«

Und sie streckte die Hand zu dem Telefonhörer aus. Leduc hatte offenbar seine Befugnisse ein wenig überschritten, und er war alles andere als stolz darauf.

Sie war drauf und dran, auf offener Straße einen Skandal zu machen.

»Einen Augenblick, Mademoiselle. Wen wollen Sie anrufen?«

»Aber ... Den Staatsanwalt.«

»Setzen Sie sich. Nicht daß ich Sie daran hindern

will, mit ihm zu telefonieren. Im Gegenteil. Aber vielleicht ist es im Interesse aller besser, daß Sie noch ein wenig damit warten.«

»Mama, ich verbiete dir, zu antworten.«

»Ich verstehe überhaupt nichts mehr. Sind Sie nun Notar oder Polizeikommissar?«

»Kommissar.«

Und sie machte eine Bewegung, als ob sie sagen wollte:

»Dann ...«

Man merkte ihr an, daß sie schon mit der Polizei zu tun gehabt und darum einen Höllenrespekt oder zumindest Angst vor dieser Institution hatte.

»Ich verstehe trotzdem nicht, warum ...«

»Befürchten Sie nichts, Madame. Sie werden es gleich verstehen. Ich habe Ihnen nur einige Fragen zu stellen und ...«

»Handelt es sich um eine Erbschaft?«

»Ich weiß es noch nicht.«

»Das ist widerlich«, murmelte Françoise. »Mama, antworte nicht!«

Sie war nervös, spielte mit ihrem Taschentuch und warf Leduc immer wieder einen gehässigen Blick zu.

»Ich nehme an, daß Sie von Beruf Sängerin sind.«

Er wußte, dieses Wort würde ihr sehr schmeicheln.

»Ja, Monsieur. Ich habe im ›Olympia‹ gesungen zu der Zeit, da ...«

»Ich glaube tatsächlich, mich an Ihren Namen zu erinnern. Beausoleil ... Yvonne, nicht wahr?«

»Joséphine Beausoleil. Aber die Ärzte rieten mir zum Aufenthalt in wärmeren Ländern, und ich habe

Tourneen durch Italien, die Türkei, Syrien und Ägypten unternommen.«

In der Zeit der Cafés-concert. Er sah sie deutlich auf den kleinen Bühnen dieser Etablissements nach Pariser Vorbild, in denen alle Lebemänner und Offiziere der Stadt verkehrten. Dann stieg sie in den Saal hinunter, ging mit einem Tablett in der Hand von Tisch zu Tisch und trank schließlich mit dem einen oder anderen Champagner.

»Und Sie sind dann in Algerien gelandet?«

»Ja. In Kairo hatte ich meine erste Tochter bekommen.«

Françoise stand kurz vor einem Nervenzusammenbruch, oder aber war nahe daran, sich auf Maigret zu stürzen.

»Vater unbekannt?«

»Aber nein, ich kannte ihn sehr gut. Ein englischer Offizier, der bei der ...«

»In Algerien haben Sie Ihre zweite Tochter, Françoise, bekommen?«

»Ja. Und das war das Ende meiner Theaterlaufbahn. Ich bin nämlich danach ziemlich lange krank gewesen. Als ich wiederhergestellt war, hatte ich die Stimme verloren.«

»Und?«

»Françoises Vater hat sich bis zu dem Tag, da er nach Frankreich zurückgerufen wurde, meiner angenommen. Er gehörte der Zollverwaltung an.«

Alles, was Maigret vermutet hatte, bestätigte sich. Jetzt konnte er das Leben der Mutter und der beiden Töchter in Algier rekonstruieren: Joséphine Beausoleil, die immer noch verführerisch war, hatte seriöse Freunde. Die Töchter wuchsen heran . . .

Lag es nicht nahe, den gleichen Weg wie ihre Mutter einzuschlagen? Die ältere war sechzehn Jahre . . .

»Ich wollte Tänzerinnen aus ihnen machen. Denn der Tanz ist viel dankbarer als der Gesang. Vor allem im Ausland. Germaine hat begonnen, bei einem ehemaligen Kollegen, der nach Algier gezogen war, Stunden zu nehmen.«

»Ist sie krank geworden?«

»Hat sie es Ihnen gesagt? Ja, sie war nie sehr robust. Vielleicht weil sie als kleines Kind zuviel gereist ist, denn ich wollte sie nicht in Pflege geben. Ich befestigte eine Art Wiege zwischen den Gepäcknetzen des Abteils.«

Eine tapfere Frau im Grunde. Sie war jetzt ganz heiter und schien die Wut ihrer Tochter nicht zu verstehen. Sprach Maigret nicht höflich und zuvorkommend mit ihr? Und er benutzte eine ganz einfache Sprache, die sie verstand. Sie war Künstlerin. Sie war gereist. Sie hatte Liebhaber und dann Kinder gehabt. War das etwas Schlimmes?

»Waren es die Lungen?«

»Nein, der Kopf. Sie klagte immer über Kopfschmerzen. Dann eines schönen Tages bekam sie eine Gehirnhautentzündung und mußte sofort ins Krankenhaus gebracht werden.«

Bis jetzt war alles wie von selbst gegangen, aber nun kam Joséphine Beausoleil an den kritischen Punkt. Sie wußte nicht mehr, was sie sagen durfte, und blickte Françoise fragend an.

»Der Kommissar ist nicht berechtigt, dich zu verhören, Mama. Antworte nicht mehr.«

Das war leicht gesagt. Aber sie wußte, daß es gefährlich ist, es mit der Polizei zu verderben. Sie hätte es gern allen rechtgemacht. Leduc, der sich wieder gefaßt hatte, zwinkerte Maigret zu, was bedeutete: Das läuft gut!

»Hören Sie, Madame, Sie können sprechen oder schweigen. Das ist Ihr gutes Recht. Aber dann wird man sie woanders zum Sprechen bringen. Zum Beispiel vor dem Schwurgericht.«

»Aber ich habe doch nichts getan.«

»Eben. Darum ist es meiner Meinung nach das klügste, wenn Sie alles sagen. Und was Sie betrifft, Mademoiselle Françoise ...«

Sie hörte nicht hin. Sie hatte den Telefonhörer abgenommen und sprach mit beklommener Stimme, wobei sie Leduc verstohlen anblickte, als ob sie fürchtete, er werde ihr den Hörer aus den Händen reißen.

»Hallo ... Ist er im Krankenhaus? ... Spielt keine Rolle, Sie müssen ihn sofort rufen, oder vielmehr sagen Sie ihm, er solle unverzüglich ins ›Hôtel d'Angleterre‹ kommen ... Ja. Er wird schon wissen, worum es sich handelt. Hier spricht Françoise.«

Sie legte den Hörer wieder auf und blickte Maigret kalt und herausfordernd an.

»Er kommt. Sprich nicht, Mama.«

Sie zitterte. Der Schweiß trat ihr auf die Stirn und verklebte die kastanienbraunen Härchen an den Schläfen.

»Sie sehen, Kommissar ...«

»Mademoiselle Françoise, ich habe Sie nicht daran gehindert, zu telefonieren, und ich verhöre auch Ihre Mutter nicht weiter. Darf ich Ihnen jetzt etwas raten? Rufen Sie auch Monsieur Duhourceau an. Er ist zu Hause.«

Sie versuchte, seine Gedanken zu erraten. Sie zögerte. Schließlich nahm sie den Hörer mit einer nervösen Bewegung ab.

»Hallo ... 167 bitte.«

»Komm mal her, Leduc.«

Und Maigret flüsterte ihm ein paar Worte ins Ohr. Leduc wirkte überrascht und verlegen.

»Glaubst du, daß ...«

Er entschloß sich, zu gehen, und man sah ihn kurz darauf die Kurbel seines Wagens drehen.

»Hier ist Françoise ... Ja. Ich rufe Sie aus dem Zimmer des Kommissars an. Meine Mutter ist eingetroffen ... Ja! Der Kommissar bittet Sie, zu kommen ... Nein ... Nein ... Ich schwöre Ihnen, nein.«

Und diese vielen Nein sagte sie angstvoll und mühsam.

»Aber ich sage Ihnen doch, nein.«

Steif und aufrecht blieb sie am Tisch stehen.

Maigret, der seine Pfeife rauchte, betrachtete sie lächelnd, während Joséphine Beausoleil sich puderte.

10

Der Zettel

Das Schweigen dauerte schon einige Minuten, als Maigret Françoise mit gerunzelten Brauen auf den Platz blicken und dann plötzlich beunruhigt den Kopf abwenden sah.

Es war Madame Rivaud, die den Platz überquerte und auf das Hotel zuging. War es eine optische Täuschung, oder färbte die Tatsache, daß etwas Ernstes vor sich ging, alles düster? Aus der Ferne gesehen, ließ sie jedenfalls an eine Dramengestalt denken; eine unsichtbare Macht schien sie zu treiben, der sie nicht zu widerstehen versuchte. Bald konnte man ihr Gesicht erkennen. Es war blaß. Das Haar war zerzaust. Der Mantel war nicht zugeknöpft.

»Ach, da kommt Germaine«, sagte schließlich Madame Beausoleil. »Man hat ihr gewiß gesagt, daß ich hier bin.«

Madame Maigret ging mechanisch zur Tür, um sie zu öffnen, und als man Madame Rivaud aus nächster Nähe sah, merkte man, daß sie wirklich eine tragische Stunde durchlebte.

Dennoch bemühte sie sich, ruhig zu sein und zu lächeln. Aber ihr Blick war verstört. Hin und wieder erschien ein plötzliches Zucken in ihrem Gesicht, das sie nicht unterdrücken konnte.

»Entschuldigen Sie, Herr Kommissar. Man hat mir gesagt, meine Mutter und meine Schwester seien hier und ...«

»Wer hat Ihnen das gesagt?«

»Wer?« wiederholte sie zitternd.

Was für ein Unterschied zwischen ihr und Françoise! Madame Rivaud war das Opfer, die Frau, die sich ihrer neuen sozialen Stellung nicht hatte anpassen können und die man gewiß rücksichtslos behandelte. Selbst ihre Mutter betrachtete sie mit einer gewissen Strenge.

»Wieso weißt du nicht, wer es war?«

»Es war auf der Straße ...«

»Hast du deinen Mann nicht gesehen?«

»O nein! Nein! Ich schwöre, nein ...«

Beunruhigt blickte Maigret die drei Frauen nacheinander an und sah dann auf den Platz hinaus, auf dem Leduc noch nicht zu sehen war. Was bedeutete das? Der Kommissar hatte Leduc beauftragt, den Chirurgen zu überwachen und ihn möglichst ins Hotel zu begleiten, damit er ihm nicht entwischte.

Er achtete nicht auf seine Frau. Er betrachtete die staubigen Schuhe Madame Rivauds, die sicherlich den ganzen Weg gelaufen war, und das müde Gesicht Françoises.

Plötzlich beugte sich Madame Maigret zu ihm hinunter und murmelte:

»Gib mir deine Pfeife.«

Er wollte protestieren, aber da merkte er, daß sie ein kleines Papier auf die Decke fallen ließ, und er las:

Madame Rivaud hat soeben ihrer Schwester einen Zettel zugesteckt, den sie in der Hand verbirgt.

Draußen schien die Sonne, und man hörte alle Geräusche der Stadt, deren Orchestrierung Maigret auswendig kannte. Madame Beausoleil wartete aufrecht auf ihrem Stuhl sitzend, ganz die Frau, die sich zu benehmen weiß. Madame Rivaud dagegen vermochte nicht soviel Haltung aufzubringen, ließ an eine bockige Schülerin denken, die man gerade bei einem Streich ertappt hat.

»Mademoiselle Françoise ...«, begann Maigret.

Sie fuhr zusammen. Eine Sekunde lang begegnete ihr Blick dem Maigrets. Der harte, intelligente Blick eines Menschen, der nicht den Kopf verliert.

»Würden Sie einen Augenblick an mein Bett kommen und ...«

Brave Madame Maigret! Ahnte sie, was geschehen würde? Sie machte eine Bewegung, als wolle sie zur Tür eilen, aber Françoise war schon aufgesprungen, lief den Flur entlang und dann die Treppe hinunter.

»Was tut sie?« fragte Madame Beausoleil erschreckt.

Maigret rührte sich nicht, konnte sich nicht rühren. Er konnte auch nicht seine Frau hinter Françoise herschicken.

»Wann hat Ihr Mann Ihnen den Zettel gegeben?« fragte er Madame Rivaud lediglich.

»Was für einen Zettel?«

Wozu ein strenges Verhör beginnen?

»Geh doch mal an ein Fenster an der Rückseite des Hotels«, rief er seiner Frau zu.

In diesem Augenblick erschien der Staatsanwalt. Er wirkte angespannt. Wohl aus Angst hatte er eine strenge, fast drohende Miene aufgesetzt.

»Man hat mich angerufen, um mir zu sagen ...«

»Setzen Sie sich, Monsieur Duhourceau.«

»Aber ... Die Person, die mich angerufen hat ...«

»Françoise ist soeben geflüchtet. Es ist möglich, daß man sie noch einholt. Doch das Gegenteil ist ebenso möglich. Bitte, nehmen Sie doch Platz. Sie kennen Madame Beausoleil, nicht wahr?«

»Ich? Aber keineswegs.«

Und er versuchte, Maigrets Blick zu folgen. Denn man spürte, daß der Kommissar, während er sprach, an etwas ganz anderes dachte. Oder vielmehr sah er aus, als folge er einem Schauspiel, das nur für seine Augen sichtbar war. Er blickte auf den Platz, spitzte die Ohren und starrte Madame Rivaud an. Plötzlich wurde es in dem Hotel unruhig. Leute liefen die Treppen hinauf. Türen schlugen. Man glaubte sogar einen Schuß zu vernehmen.

»Was ist das?«

Schreie. Geschirr, das in Scherben ging. Dann wieder der Lärm einer Verfolgungsjagd im oberen Stock. Eine Fensterscheibe zerbrach klirrend, und die Scherben fielen auf die Straße.

Madame Maigret kam hastig in das Zimmer zurück und schloß die Tür ab.

»Ich glaube, Leduc hat sie«, keuchte sie.

»Leduc?« fragte der Staatsanwalt argwöhnisch.

»Der Wagen des Arztes stand in der kleinen Hinterstraße. Der Arzt saß am Steuer und wartete auf jemanden. Im Augenblick, da Françoise in das Auto steigen wollte, kam der alte Ford Leducs angefahren. Ich hätte ihm fast zugerufen, er solle sich beeilen. Ich sah, daß er in seinem Auto sitzen blieb. Aber er wußte, was er tat, und hat in aller Ruhe mit einer Revolverkugel einen Reifen zerschossen. Die beiden anderen wußten nicht mehr, was sie tun sollten. Der Arzt blickte sich verzweifelt um. Als er Leduc aus seinem Wagen steigen sah, den Revolver immer noch in der Hand, hat er das junge Mädchen an der Hand genommen und ist mit ihr ins Hotel gelaufen. Leduc verfolgte die beiden in den Fluren. Sie sind oben.«

»Ich begreife das alles nicht«, sagte der Staatsanwalt, dessen Gesicht aschfahl war.

»Wie es dazu gekommen ist, das ist ganz einfach. Mittels einer kleinen Annonce habe ich Madame Beausoleil hergelockt. Der Arzt, der die Begegnung nicht wünscht, schickt Françoise zum Bahnhof, damit sie ihre Mutter daran hindert, herzukommen.

Ich hatte das vorausgesehen und Leduc auf dem Bahnsteig postiert. Statt mit einer zu kommen, ist er mit beiden gekommen. Sie werden gleich sehen, wie sich ein Glied zum anderen fügt. Françoise, die spürt, daß die Dinge eine schlimme Wendung nehmen, ruft ihren Schwager an, um ihn zu bitten, herzukommen.

Ich schicke Leduc ins Krankenhaus, um Rivaud zu überwachen, aber Leduc kommt zu spät. Der Arzt ist schon fort. Er ist zu Hause. Er schreibt einen Zettel für Françoise und zwingt seine Frau, herzukommen und ihn ihr unauffällig zuzustecken.

Verstehen Sie? Er wartet mit seinem Wagen in der kleinen Straße hinter dem Hotel. Er wartet auf Françoise, um mit ihr davonzufahren. Eine halbe Minute später, und der Coup wäre gelungen. Aber da kommt Leduc in seinem Ford angefahren, ahnt, daß das, was da vor sich geht, nicht ganz geheuer ist, zerschießt den Reifen und ...«

Während er sprach, wurde der Lärm im Hotel einige Sekunden lang noch stärker. Es war oben. Aber was?

Und dann plötzlich Totenstille, so daß alle den Atem anhielten.

Man hörte Leduc im oberen Stock Befehle geben, aber man verstand nicht, was er sagte.

Ein dumpfer Stoß – ein zweiter – ein dritter. Schließlich das Krachen einer Tür, die aufgebrochen wurde.

Sie warteten auf neue Geräusche, und dieses Warten war qualvoll. Warum rührte sich da oben nichts mehr? Warum diese leisen, ruhigen Schritte eines einzigen Menschen auf dem Fußboden?

Madame Rivaud riß die Augen weit auf. Der Staatsanwalt zupfte an seinem Schnurrbart. Joséphine Beausoleil war nahe daran, in Schluchzen auszubrechen.

»Sie sind bestimmt tot«, sagte Maigret leise, zur Decke blickend.

»Wie? Was sagen Sie?«

Madame Rivaud sprang auf, stürzte mit verstörtem Gesicht und irrem Blick auf den Kommissar zu.

»Das ist nicht wahr! Sagen Sie, daß das nicht wahr ist ...«

Wieder Schritte. Die Tür öffnete sich. Leduc trat ein. Eine Haarsträhne hing ihm ins Gesicht, seine Jakke war zerfetzt, und er machte ein düsteres Gesicht.

»Tot?«

»Beide!«

Er hielt mit ausgestreckten Armen Madame Rivaud fest, die zur Tür hinauswollte.

»Nicht jetzt.«

»Das ist nicht wahr! Ich weiß genau, daß es nicht wahr ist! Ich will ihn sehen!«

Die Stimme versagte ihr.

Ihre Mutter wußte nicht mehr, wie sie sich verhalten sollte, und Duhourceau starrte auf den Teppich. Man hätte glauben können, ihn habe die Nachricht am meisten getroffen und bestürzt.

»Wieso beide?« stammelte er schließlich, zu Leduc gewandt.

»Ich habe sie auf der Treppe und im Flur verfolgt. Sie haben sich in ein Zimmer flüchten können, das nicht abgeschlossen war, und, noch ehe ich kam, die Tür von innen verriegelt. Ich bin nicht stark genug, um eine so schwere Holztür aufzubrechen. Ich habe den Wirt rufen lassen, der Bärenkräfte hat. Ich konnte sie durch das Schlüsselloch sehen.«

Germaine Rivaud blickte ihn wie eine Wahnsinnige an. Leduc dagegen sah fragend zu Maigret hin, ob er weitersprechen solle.

Warum nicht? Mußte man nicht das Ende des Dramas und die volle Wahrheit erfahren?

»Sie umarmten sich. Sie schmiegte sich zitternd an den Mann. Ich hörte sie sagen:

›Ich will nicht – das nicht. Nein! Lieber ...‹

Und sie hat ihm den Revolver aus der Tasche gezogen und hat ihn ihm in die Hand geschoben. Ich hörte:

›*Schieß, schieß, während du mich küßt ...*‹

Ich habe das Weitere nicht gesehen, weil der Wirt kam und ...«

Er wischte sich den Schweiß von der Stirn. Man konnte sehen, daß seine Knie zitterten.

»Er kam nicht mehr als zwanzig Sekunden zu spät. Rivaud war schon tot, als ich mich über ihn gebeugt habe. Françoise hatte die Augen offen. Ich habe zuerst geglaubt, sie sei auch tot, aber in dem Augenblick, da ich am wenigsten darauf gefaßt war ...«

»Nun?« fragte der Staatsanwalt fast schluchzend.

»Sie hat mich angelächelt. Ich habe die Tür quer vor den Türrahmen stellen lassen. Man wird nichts anrühren. Man hat das Krankenhaus angerufen.«

Joséphine Beausoleil schien das alles nicht ganz verstanden zu haben.

Sie starrte Leduc verblüfft an. Dann wandte sie sich Maigret zu und sagte:

»Das ist nicht möglich, nicht wahr?«

Rund um Maigret, der unbeweglich im Bett lag, entfaltete sich fieberhafte Geschäftigkeit. Die Tür öffnete sich. Es war der Wirt, der eintrat. Sein Gesicht war dunkelrot, und während er sprach, roch man seine Alkoholfahne.

Um sich von dem Schrecken zu erholen, hatte er gewiß an seiner Theke einen doppelten Schnaps getrunken. Seine weiße Jacke war an der Schulter schmutzig und zerrissen.

»Der Arzt ist gekommen. Soll er ...«

»Ich gehe hin«, sagte Leduc ohne Begeisterung.

»Sie sind hier, Herr Staatsanwalt? Wissen Sie's schon? Wenn Sie das sähen! Man könnte wie ein kleines Kind weinen. Und sie sehen beide so schön aus. Es ist, als ob ...«

»Lassen Sie uns allein«, rief Maigret.

»Soll ich die Tür des Hotels abschließen? Auf dem Platz beginnen sich die Leute zu versammeln. Der Kommissar ist nicht in seinem Büro. Polizisten kommen, aber ...«

Als Maigret sich nach Germaine Rivaud umsah, sah er sie lang ausgestreckt auf Madame Maigrets Bett liegen. Sie hatte das Gesicht im Kopfkissen vergraben, aber sie weinte nicht. Sie stieß Klagelaute aus wie ein angeschossenes Tier.

Madame Beausoleil wischte sich die Augen, erhob sich und fragte entschlossen:

»Kann ich sie mir ansehen?«

»Nachher. Wenn der Arzt mit der Untersuchung fertig ist.«

Madame Maigret bemühte sich um Germaine Rivaud, aber es gelang ihr nicht, sie zu trösten, und der Staatsanwalt stöhnte:

»Ich habe Ihnen ja gesagt ...«

Die Geräusche der Straße drangen in das Zimmer. Zwei Polizisten, die auf Fahrrädern angefahren kamen, zwangen die Neugierigen, zurückzutreten. Einige protestierten.

Maigret stopfte sich eine Pfeife, während er hinausblickte und – ohne daß es ihm übrigens bewußt wurde – das kleine Lebensmittelgeschäft gegenüber betrachtete, dessen Kunden er mittlerweile alle kannte.

»Haben Sie das Kind in Bordeaux gelassen, Madame Beausoleil?«

Sie blickte den Staatsanwalt ratsuchend an. »Ich – ja.«

»Es ist jetzt wohl drei Jahre alt?«

»Zwei.«

»Ist es ein Junge?«

»Ein Mädchen. Aber ...«

»Françoises Tochter, nicht wahr?«

Der Staatsanwalt erhob sich entschlossen:

»Herr Kommissar, ich bitte Sie ...«

»Sie haben recht. Nachher. Oder vielmehr bei meinem ersten Ausgang werde ich mir gestatten, Sie zu besuchen.«

Es schien ihm, daß Duhourceau darüber erleichtert war.

»Dann wird alles vorüber sein. Was sage ich – es ist schon jetzt vorüber, nicht wahr? Glauben Sie nicht, Ihr Platz ist dort oben, wo das Erscheinen der Staatsanwaltschaft notwendig ist?«

In seiner Hast vergaß der Staatsanwalt, sich zu verabschieden. Er eilte wie ein Schüler davon, dem man die Strafe erlassen hat.

Hier drinnen herrschte eine ganz andere Atmosphäre. Germaine stöhnte und wimmerte immer noch. Sie blieb taub gegen Madame Maigrets Zuspruch, die ihr kalte Umschläge auf die Stirn legte. Aber sie streifte sie mit einer nervösen Bewegung ab, so daß sich das Kopfkissen langsam durchfeuchtete.

Joséphine Beausoleil setzte sich wieder und flüsterte: »Wenn mir das jemand gesagt hätte!«

Eine tapfere Frau im Grunde, ein durchaus anständiger Mensch. Sie fand ihr ganzes Leben normal und natürlich. Konnte man ihr deswegen grollen?

Tränen füllten ihre Augen mit den faltigen Lidern, begannen an den Wangen herunterzulaufen und verwischten die Schminke.

»Sie war Ihre Lieblingstochter.«

Sie genierte sich nicht vor Germaine, die es allerdings gar nicht zu hören schien.

»Das ist nur allzu verständlich. Sie war so schön, so fein und so viel klüger als die andere. Es ist nicht Germaines Schuld. Sie ist immer krank gewesen und hat sich darum nicht sehr entwickelt. Als der Arzt Germaine hat heiraten wollen, war Françoise noch zu jung. Kaum dreizehn Jahre. Nun, ob Sie es glauben oder nicht, ich habe da schon geahnt, daß es Schwierigkeiten geben würde. Und das war dann ja auch der Fall.«

»Wie nannte sich Rivaud in Algier?«

»Dr. Meyer. Es hat ja jetzt wohl keinen Sinn mehr, zu lügen. Im übrigen haben Sie das sicher schon gewußt.«

»Hat er seinem Vater zur Flucht aus dem Krankenhaus verholfen? Samuel Meyer ...«

»Ja. Und da hat er auch Germaine kennengelernt. In der Abteilung lagen nur drei Patienten mit Gehirnhautentzündung. Meine Tochter, Samuel, wie man sagte, und noch einer. Und eines Nachts hat der Arzt einen Brand gelegt. Er hat immer geschworen, daß der andere, der, den man in den Flammen gelassen und der dann als Meyer gegolten hat, schon tot gewesen sei. Das glaube ich auch, weil er kein schlechter Mensch ist. Er hätte sich ja gar nicht mehr seines Vaters anzunehmen brauchen, der Dummheiten gemacht hatte.«

»Ich verstehe. Der andere ist also ins Register der Sterbefälle als Samuel Meyer eingetragen worden. Der Arzt hat Germaine geheiratet. Er hat Sie alle drei mit nach Frankreich genommen ...«

»Nicht sofort. Wir waren zuerst in Spanien. Er wartete auf Papiere, die nicht kamen.«

»Und Samuel?«

»Man hatte ihn nach Amerika geschickt und ihm angeraten, nie wieder nach Europa zu kommen. Er wirkte schon nicht mehr wie ein Mann, der ganz bei Verstand ist.«

»Schließlich hat Ihr Schwiegersohn Papiere auf den Namen Rivaud erhalten. Er hat sich mit seiner Frau und seiner Schwägerin hier niedergelassen. Und Sie?«

»Er hat mir eine kleine Rente ausgesetzt, damit ich in Bordeaux blieb. Ich wäre lieber nach Marseille oder Nizza gegangen. Am liebsten nach Nizza, aber er wollte mich in der Nähe haben. Er arbeitete viel. Trotz allem, was man von ihm sagen kann, war er ein guter Arzt, der einem Kranken nichts zuleide getan hätte, um ...«

Um den von draußen kommenden Lärm nicht hören zu müssen, hatte Maigret das Fenster geschlossen.

Die Heizröhren waren warm. Pfeifengeruch erfüllte das Zimmer.

Germaine wimmerte immer noch wie ein Kind, und ihre Mutter sagte:

»Seit sie trepaniert worden ist, ist es noch viel schlimmer als vorher. Sie war schon früher nicht fröhlich. Bedenken Sie doch, ein Kind, das seine ganze Jugend im Bett verbracht hat. Später ist sie bei jedem Anlaß in Tränen ausgebrochen und hat vor allem Angst gehabt.«

Bergerac hatte nichts geahnt. Dieses ganze aus den Geleisen geratene, tragische Leben hatte sich unter der Oberfläche des Kleinstadtlebens verborgen, und niemand hatte den geringsten Verdacht gehabt.

Man sagte: *Die Villa des Arztes ... Das Auto des Arztes ... Die Frau des Arztes ... Die Schwägerin des Arztes ...*

Und man sah nur die hübsche gepflegte Villa, das Luxusauto, das sportliche junge Mädchen, die ein wenig müde Frau ...

In Bordeaux führte Madame Beausoleil nach all den Stürmen in irgendeiner bürgerlichen Wohnung ein friedliches Leben. Sie, die sich immer so um den nächsten Tag hatte sorgen müssen, sie, die von den Launen so vieler Männer abhängig gewesen war, konnte endlich die Rentnerin spielen.

Sie war in ihrem Viertel gewiß geachtet. Ihr Leben verlief in geordneten Bahnen. Sie bezahlte die Lieferanten pünktlich.

Und wenn ihre Kinder sie besuchten, kamen sie in einem eleganten Auto ...

Jetzt weinte sie von neuem. Sie schneuzte sich in ein zu kleines Taschentuch, das fast ganz aus Spitze bestand.

»Wenn Sie Françoise gekannt hätten ... Als sie kam, um bei mir ihr Kind zu bekommen ... Man kann vor Germaine darüber sprechen. Sie weiß es.«

Madame Maigret hörte entsetzt zu, denn für sie war das die Entdeckung einer unheimlichen Welt.

Vor dem Hotel parkten mehrere Wagen. Der Gerichtsarzt war gekommen und ebenso der Untersuchungsrichter, der Gerichtsschreiber und der Kommissar, den man schließlich in einem Nachbardorf aufgestöbert hatte, wo er Kaninchen kaufen wollte.

Es klopfte an die Tür. Es war Leduc. Er blickte Maigret scheu fragend an, ob er eintreten dürfe.

»Laß uns bitte allein, mein Lieber.«

Es war besser, diese intime Atmosphäre nicht zu stören.

Dennoch kam Leduc auf das Bett zu und sagte leise:

»Wenn Sie sie noch sehen wollen, ehe sie ...«

»Nein! Aber nein!«

Wozu? Madame Beausoleil wartete darauf, daß der Eindringling wieder verschwand. Sie wollte sich alles von der Seele reden.

Sie hatte Vertrauen zu diesem dicken Mann, der im Bett lag und sie wohlwollend ansah. Er verstand sie. Er wunderte sich nicht. Er stellte keine lächerlichen Fragen.

»Ich glaube, Sie sprachen gerade von Françoise.«

»Ja. Nun, als das Kind geboren worden ist ... Aber – sicherlich wissen Sie noch nicht alles ...«

»Doch, ich weiß es.«

»Hat sie es Ihnen gesagt?«

»Monsieur Duhourceau war dort.«

»Ja. Ich habe nie einen so nervösen und so unglücklichen Mann gesehen. Er sagte, es sei ein Verbrechen, Kinder zu zeugen, weil man dabei immer das Leben der Mutter gefährde. Er hörte die Schreie. Da halfen auch all die vielen Schnäpse nichts, die ich ihm anbot...«

»Ist Ihre Wohnung groß?«

»Drei Zimmer.«

»War eine Hebamme da?«

»Ja. Rivaud wollte nicht ganz allein die Verantwortung übernehmen. Da...«

»Wohnen Sie in der Nähe des Hafens?«

»Ganz dicht an der Brücke, in einer kleinen Straße, in der...«

Wieder eine Szene, die Maigret so deutlich sah, als ob er sie miterlebt hätte, aber zugleich sah er noch eine andere: die, die sich genau in diesem Augenblick über seinem Kopf abspielte.

Rivaud und Françoise, die der Arzt mit Hilfe der Leute vom Beerdigungsinstitut gewaltsam trennte...

Der Staatsanwalt war gewiß noch weißer als die Formulare, die der Protokollführer mit zitternder Hand ausfüllte.

Und der Polizeikommissar war auch dabei, der noch vor einer Stunde auf dem Markt nur seine Kaninchen im Kopf gehabt hatte.

»Als Monsieur Duhourceau erfahren hat, daß es ein Mädchen war, hat er zu weinen begonnen, und so wahr ich hier sitze, er hat seinen Kopf an meine Brust gelegt. Ich glaubte sogar, er werde ohnmächtig werden. Ich wollte ihn daran hindern, in das Zimmer zu gehen, weil ...«

Und sie hielt von neuem mißtrauisch inne und blickte Maigret verstohlen an.

»Ich bin nur eine arme Frau, die immer ihr Bestes getan hat. Es wäre nicht recht, das auszunutzen, um ...«

Germaine Rivaud hatte aufgehört zu wimmern. Sie saß auf dem Bettrand und starrte mit verstörter Miene vor sich hin.

Es kam jetzt der schwerste Augenblick. Die Leichen wurden auf Bahren hinuntertransportiert, und man hörte, wie diese gegen die Wände stießen.

Und die schweren, vorsichtigen Schritte der Träger, die langsam Stufe um Stufe hinuntergingen ... Und eine Stimme, die sagte:

»Vorsicht, das Geländer ...«

Kurz darauf klopfte es an die Tür. Es war Leduc, der ebenfalls eine Fahne hatte und stammelte:

»Es ist vorüber ...«

Und tatsächlich, draußen fuhr ein Wagen ab.

11

Der Vater

Melden Sie ihm Kommissar Maigret!«

Er lächelte wider Willen, weil es sein erster Ausgang und weil er froh war, wieder wie alle Leute gehen zu können. Er war sogar stolz darauf, wie ein Kind, das seine ersten Schritte macht.

Und dennoch war sein Gang unsicher und schwankend. Der Diener hatte vergessen, ihn zu bitten, Platz zu nehmen, und so mußte er sich selber einen Stuhl heranziehen, denn er spürte schon, wie ihm ein beunruhigender Schweiß über die Stirn rann.

Der Diener in gestreifter Weste! Das Gesicht eines Bauern, der aufgestiegen und darauf unendlich stolz war.

»Wollen Sie mir bitte folgen, Monsieur? Der Herr Staatsanwalt wird sie sofort empfangen.«

Der Diener ahnte nicht, wie mühsam es sein kann, eine Treppe hinaufzusteigen. Maigret hielt sich am Geländer fest. Ihm war heiß. Er zählte die Stufen.

Noch acht …

»Hier entlang … Einen Augenblick bitte.«

Das Haus war genauso, wie Maigret es sich vorgestellt hatte. Er befand sich in jenem Arbeitszimmer im ersten Stock, das er sich so oft ausgemalt hatte.

Eine weiße Decke mit schweren Balken aus lackiertem Eichenholz. Ein gewaltiger Kamin und vor allem Bücherschränke, die sich an allen Wänden entlangzogen.

Er war ganz allein. Man hörte keine Schritte im Hause, denn alle Fußböden waren mit dicken Teppichen belegt.

Obwohl Maigret das Bedürfnis hatte, sich zu setzen, trat er an einen der Schränke, wo ein Metallgitter und ein grüner Vorhang die Bücher vor den Blicken schützten.

Er hatte Mühe, seinen Finger durch eine Drahtmasche zu zwängen. Er schob den Vorhang auf, aber dahinter waren nur leere Fächer!

Und als er sich umdrehte, sah er, daß Duhourceau ihn dabei beobachtet hatte.

»Schon seit zwei Tagen erwarte ich Sie. Ich gestehe ...«

Bestimmt hatte er zehn Kilo abgenommen. Seine Wangen waren hohl, und die Falten um seinen Mund waren tiefer als früher.

»Nehmen Sie bitte Platz.«

Duhourceau fühlte sich nicht wohl in seiner Haut. Er wagte nicht, seinem Besucher ins Gesicht zu blikken. Er setzte sich selber an seinen gewohnten Platz hinter einen mit Akten beladenen Schreibtisch.

Da sagte sich Maigret, es sei barmherziger, mit wenigen Worten das Ganze abzuschließen. Mehrmals war der Staatsanwalt unhöflich zu ihm gewesen. Mehrmals hatte er sich an ihm gerächt. Jetzt bedauerte er ihn fast.

Ein Mann von fünfundsechzig Jahren, ganz allein in

diesem großen Haus, ganz allein in der Stadt, deren höchster Beamte er war. Ganz allein im Leben ...

»Ich sehe, Sie haben Ihre Bücher verbrannt.«

Duhourceau antwortete nicht, nur seine Wangen röteten sich ein wenig.

»Erlauben Sie mir, daß ich zuerst den rechtlichen Teil der Angelegenheit abschließe. Ich glaube übrigens, daß alle jetzt einer Meinung darüber sind.

Samuel Meyer, den ich einen bürgerlichen Abenteurer nennen möchte, das heißt einen Geschäftsmann, der im trüben fischt, hat den Ehrgeiz, aus seinem Sohn einen bedeutenden Mann zu machen. Medizinstudium. Dr. Meyer wird der Assistent von Professor Martel. Er hat eine glänzende Zukunft vor sich.

Erster Akt: in Algier. Der alte Meyer empfängt Komplicen, die ihn bedrohen. Er befördert sie ins Jenseits.

Zweiter Akt: immer noch in Algier. Er wird zum Tode verurteilt. Auf den Rat seines Sohnes simuliert er eine Gehirnhautentzündung, und der Sohn rettet ihn.

Ist der, der unter seinem Namen begraben werden wird, in jenem Augenblick schon tot? Wir werden es zweifellos nie erfahren.

Der junge Meyer, der jetzt den Namen Rivaud annimmt, ist keiner jener Männer, die das Bedürfnis haben, ihr Herz auszuschütten. Er ist stark. Er braucht niemanden.

Ein Ehrgeiziger, ein Mensch mit scharfer Intelligenz, der seinen Wert kennt und ihn sich bezahlen lassen will.

Eine einzige Schwäche. Er verliebt sich in eine kleine

Kranke und heiratet sie. Aber bald darauf merkt er, daß sie ihn anödet.«

Der Staatsanwalt saß reglos da. Für ihn war dieser Teil des Berichts ohne Interesse. Er wartete auf das Folgende mit großer Angst.

»Der neue Rivaud schickt seinen Vater nach Amerika.

Er zieht mit seiner Frau und seiner jungen Schwägerin hierher. Und seine Schwiegermutter bringt er in Bordeaux unter.

Und es kommt, wie es kommen muß. Das junge Mädchen, das unter seinem Dach lebt, reizt ihn und verführt ihn schließlich.

Dies ist der dritte Akt. Denn in diesem Augenblick ist der Staatsanwalt nahe daran – ich weiß noch nicht, wodurch –, die Wahrheit über den Chirurgen von Bergerac zu entdecken.

Stimmt das?«

Und ohne jedes Zögern antwortete Duhourceau klipp und klar:

»Es stimmt.«

»Also muß man ihn zum Schweigen bringen. Rivaud weiß, daß der Staatsanwalt einer relativ harmlosen Leidenschaft frönt. Es sind die erotischen Bücher, die man beschönigend ›Ausgaben für Bibliophile‹ nennt.

Es ist die Leidenschaft alter Junggesellen, die genügend Geld haben und denen das Sammeln von Briefmarken zu fade erscheint.

Rivaud macht sich das zunutze. Seine Schwägerin wird Ihnen als Mustersekretärin gepriesen. Sie wird

Ihnen bei gewissen Arbeiten helfen, und sie wird Sie allmählich zwingen, ihr den Hof zu machen ...

Entschuldigen Sie, Herr Staatsanwalt. Das ist nicht schwierig. Das Schwierigste ist dieses: Françoise ist schwanger. Und um Sie ganz in der Hand zu haben, müssen Sie davon überzeugt werden, daß das Kind von Ihnen ist.

Rivaud will nicht von neuem flüchten, seinen Namen ändern, sich eine andere Stellung suchen. Man beginnt von ihm zu sprechen. Die Zukunft winkt strahlend.

Françoise gelingt es.

Und natürlich, als sie Ihnen sagt, daß sie Mutter wird, spuren Sie. Sie werden fortan nichts mehr sagen. Man hat Sie in der Hand. Heimliche Entbindung in Bordeaux bei Joséphine Beausoleil, wo Sie Ihr angebliches Kind immer wieder besuchen.

Madame Beausoleil hat es mir selber gesagt.«

Taktvoll vermied Maigret es, Duhourceau anzublicken.

»Verstehen Sie? Rivaud ist ein Streber. Ein Mann, der sich seine Zukunft nicht durch seine Vergangenheit verderben lassen will. Er liebt seine Schwägerin wirklich. Aber trotzdem ist die Sorge um die Zukunft stärker, und er duldet zumindest einmal, daß sie sich mit Ihnen abgibt. Es ist die einzige Frage, die ich mir gestatte, Ihnen zu stellen. Einmal?«

»Einmal!«

»Und danach weicht sie Ihnen aus, nicht wahr?«

»Unter verschiedenen Vorwänden. Sie schämte sich ...«

»Nein! Sie liebte Rivaud. Sie hatte sich Ihnen nur hingegeben, um ihn zu retten.«

Maigret vermied es weiter, Duhourceau anzusehen.

Er blickte auf den Kamin, in dem drei Scheite brannten.

»Sie sind davon überzeugt, daß das Kind von Ihnen ist. Von jetzt an werden Sie schweigen. Sie werden in der Villa empfangen. Sie fahren nach Bordeaux, um Ihre Tochter zu sehen.

Nun beginnt das Drama. In Amerika ist Samuel – unser Samuel aus Polen und Algerien – geisteskrank geworden. Er hat in der Nähe von Chicago zwei Frauen überfallen und sie mit einem Nadelstich ins Herz getötet. Ich habe das im Archiv entdeckt.

Man ist hinter ihm her, und er flieht nach Frankreich.

Er hat kein Geld mehr. Er kommt nach Bergerac. Man gibt ihm Geld, damit er von neuem verschwindet, aber in einem neuen Anfall begeht er ein weiteres Verbrechen.

Das gleiche Muster. Erdrosselung ... Nadel ... Es geschieht im Wald von ›Moulin-Neuf‹, der sich von der Villa des Arztes bis zum Bahnhof erstreckt. Ahnen Sie schon die Wahrheit?«

»Nein, ich schwöre es.«

»Er kommt wieder. Er bringt noch eine Frau um. Er kommt ein drittes Mal wieder, aber der Überfall mißlingt. Jedesmal hat Rivaud ihm Geld gegeben, damit er sich nicht wieder sehen läßt. Er kann ihn nicht in eine Irrenanstalt einsperren lassen, und erst recht kann er ihn nicht verhaften lassen.«

»Ich habe ihm gesagt, das dürfe nicht noch einmal vorkommen.«

»Ja, und deshalb hat er seine Vorkehrungen getroffen. Er ruft den alten Samuel an und sagt ihm, er solle kurz vor dem Bahnhof aus dem Zug springen.«

Der Staatsanwalt war kreidebleich geworden. Er brachte kein Wort heraus.

»Das ist alles. Rivaud hat ihn getötet. Er duldete nichts zwischen sich und der Zukunft, die ihm winkte. Nicht einmal seine Frau, die er früher oder später in eine bessere Welt geschickt hätte. Er liebte Françoise, von der er eine Tochter hatte. Diese Tochter, die ...«

»Genug!«

Da erhob sich Maigret und sagte: »Der Fall ist abgeschlossen, Herr Staatsanwalt.«

»Aber ...«

»Es war ein leidenschaftliches Liebespaar. Ein Paar, für das es keine Hindernisse gab. Rivaud hatte die Frau, die er brauchte: Françoise, die um seinetwillen Ihre Umarmung erduldet hat.«

Vor ihm saß nur noch ein bedauernswerter Mann, der keiner Reaktion mehr fähig war.

»Das Paar ist tot. Es bleibt eine Frau, die nie sehr klug noch sehr gefährlich gewesen ist: Madame Rivaud. Sie wird eine Pension bekommen und wird mit ihrer Mutter in einer Wohnung in Bordeaux oder anderswo leben. Die beiden werden den Mund halten.«

Er nahm seinen Hut, den er auf einen Stuhl gelegt hatte.

»Für mich ist es jetzt Zeit, nach Paris zurückzukehren, denn mein Urlaub ist zu Ende.«

Er ging auf den Schreibtisch zu und streckte die Hand aus.

»Leben Sie wohl, Herr Staatsanwalt.«

Und als Duhourceau diese Hand mit einer Dankbarkeit ergriff, die drohte, sich in einer Flut von Worten zu bekunden, sagte Maigret kurz:

»Vergessen wir allen Groll.«

Er ging hinter dem Diener in gestreifter Weste die Treppe hinunter. Der Platz glühte in der Sonne, und er erreichte nicht ohne Mühe das ›Hôtel d'Angleterre‹, wo er dem Wirt sagte:

»Zur Feier des Tages, endlich, Trüffeln in Blätterteig, Gänseleber ... und die Rechnung, bitte! ... Wir hauen ab!«

Stanley G. Eskin

Simenon

Eine Biographie

Aus dem Amerikanischen
von Michael Mosblech

Stanley G. Eskins Biographie stützt sich auf Gespräche mit Simenon, mit Verwandten, Freunden, Verlegern des Autors sowie auf das riesige, erst bruchstückhaft erschlossene Material des Simenon-Archivs in Lüttich.

»Eskin erzählt so anschaulich, als habe er von dem Gegenstand seiner Studien die einfache, farbige, spannende Erzählweise gelernt.«
Frankfurter Allgemeine Zeitung

»Mit dem Index, den zahlreichen Anmerkungen, der vollständigen Bibliographie der Werke und der Verfilmungen wird dieser Band sicher die große umfassende Biographie des Schriftstellers werden. Eskin hält auch mit persönlichen Urteilen nicht zurück; sein Buch verdient daher Aufmerksamkeit und Hochachtung.«
Die Welt, Bonn

»Ich konnte nie glauben, daß Simenon wirklich existiert. Seine ungeheure Produktion, mein immer neues Staunen über die Vollkommenheit seiner Erzählungen, die psychologische Genauigkeit seiner unendlich vielen Figuren, die Eindrücklichkeit der Landschaftsbeschreibungen vermittelten mir stets das Bild eines hinreißenden Schriftstellers, das aber so ungreifbar und unbestimmt blieb wie etwa das Bild des Frühlings, des Meeres, das Bild von Weihnachten – Bilder, die man mit Vergnügen und unbewußtem Wohlbehagen in sich aufnimmt und erlebt, ohne daß sie imstande wären, die Begriffe in ihrer Dinghaftigkeit und Identität vollständig zu verkörpern.« *Federico Fellini*

»Mit Sicherheit das umfassendste Werk, das je über mich geschrieben wurde.« *Georges Simenon*

Georges Simenon im Diogenes Verlag

● Romane

Brief an meinen Richter
Roman. Deutsch von Hansjürgen Wille und Barbara Klau. detebe 20371

Der Schnee war schmutzig
Roman. Deutsch von Willi A. Koch
detebe 20372

Die grünen Fensterläden
Roman. Deutsch von Alfred Günther
detebe 20373

Im Falle eines Unfalls
Roman. Deutsch von Hansjürgen Wille und Barbara Klau. detebe 20374

Sonntag
Roman. Deutsch von Hansjürgen Wille und Barbara Klau. detebe 20375

Bellas Tod
Roman. Deutsch von Elisabeth Serelmann-Küchler. detebe 20376

Der Mann mit dem kleinen Hund
Roman. Deutsch von Stefanie Weiss
detebe 20377

Drei Zimmer in Manhattan
Roman. Deutsch von Linde Birk
detebe 20378

Die Großmutter
Roman. Deutsch von Linde Birk
detebe 20379

Der kleine Mann von Archangelsk
Roman. Deutsch von Alfred Kuoni
detebe 20584

Der große Bob
Roman. Deutsch von Linde Birk
detebe 20585

Die Wahrheit über Bébé Donge
Roman. Deutsch von Renate Nickel
detebe 20586

Tropenkoller
Roman. Deutsch von Annerose Melter
detebe 20673

Ankunft Allerheiligen
Roman. Deutsch von Eugen Helmlé
detebe 20674

Der Präsident
Roman. Deutsch von Renate Nickel
detebe 20675

Der kleine Heilige
Roman. Deutsch von Trude Fein
detebe 20676

Der Outlaw
Roman. Deutsch von Liselotte Julius
detebe 20677

Die Glocken von Bicêtre
Roman. Neu übersetzt von Angela von Hagen. detebe 20678

Der Verdächtige
Roman. Deutsch von Eugen Helmlé
detebe 20679

Die Verlobung des Monsieur Hire
Roman. Deutsch von Linde Birk
detebe 20681

Der Mörder
Roman. Deutsch von Lothar Baier
detebe 20682

Die Zeugen
Roman. Deutsch von Anneliese Botond
detebe 20683

Die Komplizen
Roman. Deutsch von Stefanie Weiss
detebe 20684

Der Ausbrecher
Roman. Deutsch von Erika Tophoven-Schöningh. detebe 20686

Wellenschlag
Roman. Deutsch von Eugen Helmlé
detebe 20687

Der Mann aus London
Roman. Deutsch von Stefanie Weiss
detebe 20813

Die Überlebenden der Télémaque
Roman. Deutsch von Hainer Kober
detebe 20814

Der Mann, der den Zügen nachsah
Roman. Deutsch von Walter Schürenberg
detebe 20815

Zum Weißen Roß
Roman. Deutsch von Trude Fein
detebe 20986

Der Tod des Auguste Mature
Roman. Deutsch von Anneliese Botond
detebe 20987

Die Fantome des Hutmachers
Roman. Deutsch von Eugen Helmlé
detebe 21001

Die Witwe Couderc
Roman. Deutsch von Hanns Grössel
detebe 21002

Schlußlichter
Roman. Deutsch von Stefanie Weiss
detebe 21010

Die schwarze Kugel
Roman. Deutsch von Renate Nickel
detebe 21011

Die Brüder Rico
Roman. Deutsch von Angela von Hagen
detebe 21020

Antoine und Julie
Roman. Deutsch von Eugen Helmlé
detebe 21047

Betty
Roman. Deutsch von Raymond Regh
detebe 21057

Die Tür
Roman. Deutsch von Linde Birk
detebe 21114

Der Neger
Roman. Deutsch von Linde Birk
detebe 21118

Das blaue Zimmer
Roman. Deutsch von Angela von Hagen
detebe 21121

Es gibt noch Haselnußsträucher
Roman. Deutsch von Angela von Hagen
detebe 21192

Der Bürgermeister von Furnes
Roman. Deutsch von Hanns Grössel
detebe 21209

Der Untermieter
Roman. Deutsch von Ralph Eue
detebe 21255

Das Testament Donadieu
Roman. Deutsch von Eugen Helmlé
detebe 21256

Die Leute gegenüber
Roman. Deutsch von Hans-Joachim Hartstein. detebe 21273

Weder ein noch aus
Roman. Deutsch von Elfriede Riegler
detebe 21304

Auf großer Fahrt
Roman. Deutsch von Angela von Hagen
detebe 21327

Der Bericht des Polizisten
Roman. Deutsch von Markus Jakob
detebe 21328

Die Zeit mit Anaïs
Roman. Deutsch von Ursula Vogel
detebe 21329

Der Passagier der Polarlys
Roman. Deutsch von Stefanie Weiss
detebe 21377

Die Katze
Roman. Deutsch von Angela von Hagen
detebe 21378

Die Schwarze von Panama
Roman. Deutsch von Ursula Vogel
detebe 21424

Das Gasthaus im Elsaß
Roman. Deutsch von Angela von Hagen
detebe 21425

Das Haus am Kanal
Roman. Deutsch von Ursula Vogel
detebe 21426

Der Zug
Roman. Deutsch von Trude Fein. detebe 21480

Striptease
Roman. Deutsch von Angela von Hagen
detebe 21481

45° im Schatten
Roman. Deutsch von Angela von Hagen
detebe 21482

Die Eisentreppe
Roman. Deutsch von Angela von Hagen
detebe 21557

Das Fenster der Rouets
Roman. Deutsch von Stefanie Weiss
detebe 21558

Die bösen Schwestern von Concarneau
Roman. Deutsch von Ingrid Altrichter
detebe 21559

Der Sohn Cardinaud
Roman. Deutsch von Linde Birk
detebe 21598

Der Zug aus Venedig
Roman. Deutsch von Liselotte Julius
detebe 21617

Weißer Mann mit Brille
Roman. Deutsch von Ursula Vogel
detebe 21635

Der Bananentourist
Roman. Deutsch von Barbara Heller
detebe 21679

Monsieur La Souris
Roman. Deutsch von Renate Heimbucher-Bengs. detebe 21681

Der Teddybär
Roman. Deutsch von Ingrid Altrichter
detebe 21682

Die Marie vom Hafen
Roman. Deutsch von Ursula Vogel
detebe 21683

Der reiche Mann
Roman. Deutsch von Stefanie Weiss
detebe 21753

»... die da dürstet«
Roman. Deutsch von Irène Kuhn
detebe 21773

Vor Gericht
Roman. Deutsch von Linde Birk. detebe 21786

Der Umzug
Roman. Deutsch von Barbara Heller
detebe 21797

Der fremde Vetter
Roman. Deutsch von Stefanie Weiss
detebe 21798

Das Begräbnis des Monsieur Bouvet
Roman. Deutsch von H.J. Solbrig
detebe 21799

Die schielende Marie
Roman. Deutsch von Eugen Helmlé
detebe 21800

Die Pitards
Roman. Deutsch von Ingrid Altrichter
detebe 21857

Das Gefängnis
Roman. Deutsch von Michael Mosblech
detebe 21858

Malétras zieht Bilanz
Roman. Deutsch von Irmgard Perfahl
detebe 21893

Das Haus am Quai Notre-Dame
Roman. Deutsch von Eugen Helmlé
detebe 21894

Der Neue
Roman. Deutsch von Ingrid Altrichter
detebe 21895

Die Erbschleicher
Roman. Deutsch von Renate Heimbucher-Bengs. detebe 21938

Die Selbstmörder
Roman. Deutsch von Linde Birk. detebe 21939

Tante Jeanne
Roman. Deutsch von Inge Giese. detebe 21940

Der Rückfall
Roman. Deutsch von Ursula Vogel
detebe 21941

Am Maultierpaß
Roman. Deutsch von Michael Mosblech
detebe 21942

Der Glaskäfig
Roman. Deutsch von Stefanie Weiss
detebe 22403

Das Schicksal der Malous
Roman. Deutsch von Günter Seib
detebe 22404

Der Uhrmacher von Everton
Roman. Deutsch von Ursula Vogel
detebe 22405

Das zweite Leben
Roman. Deutsch von Ingrid Altrichter
detebe 22406

Der Erpresser
Roman. Deutsch von Linde Birk
detebe 22407

Die Flucht des Monsieur Monde
Roman. Deutsch von Barbara Heller
detebe 22408

Der ältere Bruder
Roman. Deutsch von Ingrid Altrichter
detebe 22454

Doktor Bergelon
Roman. Deutsch von Günter Seib
detebe 22455

Die letzten Tage eines armen Mannes
Roman. Deutsch von Michael Mosblech
detebe 22456

Sackgasse
Roman. Deutsch von Stefanie Weiss und Richard K. Flesch. detebe 22457

Die Flucht der Flamen
Roman. Deutsch von Barbara Heller
detebe 22458

Die verschwundene Tochter
Roman. Deutsch von Renate Heimbucher
detebe 22459

Fremd im eigenen Haus
Roman. Deutsch von Gerda Scheffel
detebe 22473

Das Haus der sieben Mädchen
Roman. Deutsch von Helmut Kossodo
detebe 22501

Der Amateur
Roman. Deutsch von Helmut Kossodo
detebe 22502

Das Unheil
Roman. Deutsch von Josef Winiger
detebe 22503

Die verlorene Stute
Roman. Deutsch von Helmut Kossodo
detebe 22504

Der Witwer
Roman. Deutsch von Linde Birk
detebe 22505

Der Stammgast
Roman. Deutsch von Josef Winiger
detebe 22506

● Maigret-Romane und -Erzählungen

Weihnachten mit Maigret
Zwei Romane und eine Erzählung: Maigret und der Winhändler / Weihnachten mit Maigret / Maigret hat Skrupel. Deutsch von Hainer Kober, Hans-Joachim Hartstein und Ingrid Altrichter. Leinen

Maigrets erste Untersuchung
Roman. Deutsch von Roswitha Plancherel
detebe 20501

Maigret und Pietr der Lette
Roman. Deutsch von Wolfram Schäfer
detebe 20502

Maigret und die alte Dame
Roman. Deutsch von Renate Nickel
detebe 20503

Maigret und der Mann auf der Bank
Roman. Deutsch von Annerose Melter
detebe 20504

Maigret und der Minister
Roman. Deutsch von Annerose Melter
detebe 20505

Mein Freund Maigret
Roman. Deutsch von Annerose Melter
detebe 20506

Maigrets Memoiren
Roman. Deutsch von Roswitha Plancherel
detebe 20507

Maigret und die junge Tote
Roman. Deutsch von Raymond Regh
detebe 20508

Maigret amüsiert sich
Roman. Deutsch von Renate Nickel
detebe 20509

Hier irrt Maigret
Roman. Deutsch von Elfriede Riegler
detebe 20690

Maigret und der gelbe Hund
Roman. Deutsch von Raymond Regh
detebe 20691

Maigret vor dem Schwurgericht
Roman. Deutsch von Wolfram Schäfer
detebe 20692

Maigret als möblierter Herr
Roman. Deutsch von Wolfram Schäfer
detebe 20693

Madame Maigrets Freundin
Roman. Deutsch von Roswitha Plancherel
detebe 20713

Maigret kämpft um den Kopf eines Mannes
Roman. Deutsch von Roswitha Plancherel
detebe 20714

Maigret und die kopflose Leiche
Roman. Deutsch von Wolfram Schäfer
detebe 20715

Maigret und die widerspenstigen Zeugen
Roman. Deutsch von Wolfram Schäfer
detebe 20716

Maigret am Treffen der Neufundlandfahrer
Roman. Deutsch von Annerose Melter
detebe 20717

Maigret bei den Flamen
Roman. Deutsch von Claus Sprick
detebe 20718

Maigret und das Schattenspiel
Roman. Deutsch von Claus Sprick
detebe 20734

Maigret und die Keller des Majestic
Roman. Deutsch von Linde Birk
detebe 20735

Maigret contra Picpus
Roman. Deutsch von Hainer Kober
detebe 20736

Maigret läßt sich Zeit
Roman. Deutsch von Sibylle Powell
detebe 20755

Maigrets Geständnis
Roman. Deutsch von Roswitha Plancherel
detebe 20756

Maigret zögert
Roman. Deutsch von Annerose Melter
detebe 20757

Maigret und die Bohnenstange
Roman. Deutsch von Guy Montag
detebe 20808

Maigret und das Verbrechen in Holland
Roman. Deutsch von Renate Nickel
detebe 20809

Maigret und sein Toter
Roman. Deutsch von Elfriede Riegler
detebe 20810

Maigret, Lognon und die Gangster
Roman. Deutsch von Wolfram Schäfer
detebe 20812

Maigret und der Gehängte von Saint-Pholien
Roman. Deutsch von Sibylle Powell
detebe 20816

Maigret und der verstorbene Monsieur Gallet
Roman. Deutsch von Roswitha Plancherel
detebe 20817

Maigret und der Treidler der ›Providence‹
Roman. Deutsch von Claus Sprick
detebe 21029

Maigrets Nacht an der Kreuzung
Roman. Deutsch von Annerose Melter
detebe 21050

Maigret hat Angst
Roman. Deutsch von Elfriede Riegler
detebe 21062

Maigret gerät in Wut
Roman. Deutsch von Wolfram Schäfer
detebe 21113

Maigret verteidigt sich
Roman. Deutsch von Wolfram Schäfer
detebe 21117

Maigret erlebt eine Niederlage
Roman. Deutsch von Elfriede Riegler
detebe 21120

Maigret und der geheimnisvolle Kapitän
Roman. Deutsch von Annerose Melter
detebe 21180

Maigret und die alten Leute
Roman. Deutsch von Annerose Melter
detebe 21200

Maigret und das Dienstmädchen
Roman. Deutsch von Hainer Kober
detebe 21220

Maigret im Haus des Richters
Roman. Deutsch von Liselotte Julius
detebe 21238

Maigret und der Fall Nahour
Roman. Deutsch von Sibylle Powell
detebe 21250

Maigret und der Samstagsklient
Roman. Deutsch von Angelika Hildebrandt-Essig. detebe 21295

Maigret in New York
Roman. Deutsch von Bernhard Jolles
detebe 21308

Maigret und die Affäre Saint-Fiacre
Roman. Deutsch von Werner De Haas
detebe 21373

Sechs neue Fälle für Maigret
Erzählungen. Deutsch von Elfriede Riegler
detebe 21375

Maigret in der Liberty Bar
Roman. Deutsch von Angela von Hagen
detebe 21376

Maigret und der Spion
Roman. Deutsch von Hainer Kober
detebe 21427

Maigret und die kleine Landkneipe
Roman. Deutsch von Bernhard Jolles und Heide Bideau. detebe 21428

Maigret und der Verrückte von Bergerac
Roman. Deutsch von Hainer Kober
detebe 21429

Maigret, die Tänzerin und die Gräfin
Roman. Deutsch von Hainer Kober
detebe 21484

Maigret macht Ferien
Roman. Deutsch von Markus Jakob
detebe 21485

Maigret und der hartnäckigste Gast der Welt
Sechs Fälle für Maigret. Deutsch von Linde Birk und Ingrid Altrichter. detebe 21486

Maigret verliert eine Verehrerin
Roman. Deutsch von Ingrid Altrichter
detebe 21521

Maigret in Nöten
Roman. Deutsch von Markus Jakob
detebe 21522

Maigret und sein Rivale
Roman. Deutsch von Ingrid Altrichter
detebe 21523

Maigret und die schrecklichen Kinder
Roman. Deutsch von Paul Celan
detebe 21574

Maigret und sein Jugendfreund
Roman. Deutsch von Markus Jakob
detebe 21575

Maigret und sein Revolver
Roman. Deutsch von Ingrid Altrichter
detebe 21576

Maigret auf Reisen
Roman. Deutsch von Ingrid Altrichter
detebe 21593

Maigret und die braven Leute
Roman. Deutsch von Ingrid Altrichter
detebe 21615

Maigret und der faule Dieb
Roman. Deutsch von Stefanie Weiss
detebe 21629

Maigret und die verrückte Witwe
Roman. Deutsch von Michael Mosblech
detebe 21680

Maigret und sein Neffe
Roman. Deutsch von Ingrid Altrichter
detebe 21684

Maigret und Stan der Killer
Vier Fälle für Maigret. Deutsch von Inge Giese und Eva Schönfeld. detebe 21741

Maigret und das Gespenst
Roman. Deutsch von Barbara Heller
detebe 21760

Maigret in Kur
Roman. Deutsch von Irène Kuhn
detebe 21770

Madame Maigrets Liebhaber
Vier Fälle für Maigret. Deutsch von Ingrid Altrichter, Inge Giese und Josef Winiger
detebe 21791

Maigret und der Clochard
Roman. Deutsch von Josef Winiger
detebe 21801

Maigret und Monsieur Charles
Roman. Deutsch von Renate Heimbucher-Bengs. detebe 21802

Maigret und der Spitzel
Roman. Deutsch von Inge Giese. detebe 21803

Maigret und der einsame Mann
Roman. Deutsch von Ursula Vogel
detebe 21804

Maigret und der Messerstecher
Roman. Deutsch von Josef Winiger
detebe 21805

Maigret hat Skrupel
Roman. Deutsch von Ingrid Altrichter
detebe 21806

Maigret in Künstlerkreisen
Roman. Deutsch von Ursula Vogel
detebe 21871

Maigret und der Weinhändler
Roman. Deutsch von Hainer Kober
detebe 21872

Maigret in Arizona
Roman. Deutsch von Wolfram Schäfer
detebe 22474

● Erzählungen

Der kleine Doktor
Erzählungen. Deutsch von Hansjürgen Wille und Barbara Klau. detebe 21025

Emil und sein Schiff
Erzählungen. Deutsch von Angela von Hagen. detebe 21318

Die schwanzlosen Schweinchen
Erzählungen. Deutsch von Linde Birk
detebe 21284

Exotische Novellen
Deutsch von Annerose Melter. detebe 21285

Meistererzählungen
Deutsch von Wolfram Schäfer u.a.
detebe 21620

Die beiden Alten in Cherbourg
Erzählungen. Deutsch von Inge Giese und Reinhard Tiffert. detebe 21943

● Reportagen

Die Pfeife Kleopatras
Reportagen aus aller Welt. Deutsch von Guy Montag. detebe 21223

Zahltag in einer Bank
Reportagen aus Frankreich. Deutsch von Guy Montag. detebe 21224

● Biographisches

Intime Memoiren und Das Buch von Marie-Jo
Aus dem Französischen von Hans-Joachim Hartstein, Claus Sprick, Guy Montag und Linde Birk. detebe 21216

Stammbaum
Pedigree. Autobiographischer Roman
Deutsch von Hans-Joachim Hartstein
detebe 21217

Simenon auf der Couch
Fünf Ärzte verhören den Autor sieben Stunden lang. Deutsch von Irène Kuhn
Mit einer Bibliographie und Filmographie und 43 Abbildungen. detebe 21658

Außerdem liegen vor:

Stanley G. Eskin
Simenon
Eine Biographie. Mit zahlreichen bisher unveröffentlichten Fotos, Lebenschronik, Bibliographie, ausführlicher Filmographie, Anmerkungen, Namen- und Werkregister. Aus dem Amerikanischen von Michael Mosblech
Leinen

Über Simenon
Zeugnisse und Essays von Patricia Highsmith bis Alfred Andersch. Mit einem Interview, mit Chronik und Bibliographie. Herausgegeben von Claudia Schmölders und Christian Strich. detebe 20499

Das Simenon Lesebuch
Erzählungen, Reportagen, Erinnerungen
Herausgegeben von Daniel Keel
detebe 20500

Deutschsprachige Thriller im Diogenes Verlag

● Jakob Arjouni

Ein Mann, ein Mord
Ein Kayankaya-Roman. Leinen

Happy birthday, Türke!
Ein Kayankaya-Roman. detebe 21544

Mehr Bier
Ein Kayankaya-Roman. detebe 21545

● Robert Benesch

Außer Kontrolle
Roman. detebe 21081

● Kurt Bracharz

Pappkameraden
Roman. detebe 21475

● Peter Bradatsch

Waschen, Schneiden, Umlegen
Ein Dutzend Kriminalgeschichten
detebe 21272

● Beat Brechbühl

Kneuss
Roman. detebe 21416

● Claude Cueni

Schneller als das Auge
Roman. detebe 21542

● Friedrich Dürrenmatt

Der Richter und sein Henker
Kriminalroman. detebe 21435

Der Verdacht
Kriminalroman. detebe 21436

Das Versprechen / Aufenthalt in einer kleinen Stadt
Erzählungen. detebe 20852

Justiz
Roman. detebe 21540

● Friedrich Glauser

Wachtmeister Studer
Roman. detebe 21733

Die Fieberkurve
Roman. detebe 21734

Matto regiert
Roman. detebe 21735

Der Chinese
Roman. detebe 21736

Krock & Co.
Roman. detebe 21737

Der Tee der drei alten Damen
Roman. detebe 21738

● E.W. Heine

Toppler
Ein Mordfall im Mittelalter. Mit zahlreichen Vignetten des Autors. Leinen

Kille Kille
Makabre Geschichten. detebe 21053

Hackepeter
Neue Kille Kille Geschichten. detebe 21219

Kuck Kuck
Noch mehr Kille Kille Geschichten
detebe 21692

Wer ermordete Mozart? Wer enthauptete Haydn?
Mordgeschichten für Musikfreunde
detebe 21437

Wie starb Wagner? Was geschah mit Glenn Miller?
Neue Geschichten für Musikfreunde
detebe 21514

Das Glasauge
Neue Kille Kille Geschichten. detebe 22471

● Otto Jägersberg

Der Herr der Regeln
Roman. detebe 21612

● Hans Werner Kettenbach

Minnie oder Ein Fall von Geringfügigkeit
Roman. detebe 21218

Schmatz oder Die Sackgasse
Roman. detebe 21732

● Jürgen Lodemann
Anita Drögemöller und Die Ruhe an der Ruhr
Roman. detebe 20283

Essen Viehofer Platz
Roman. detebe 21613

● Fanny Morweiser
Lalu lalula, arme kleine Ophelia
Eine unheimliche Liebesgeschichte
detebe 20608

La vie en rose
Ein romantischer Roman. detebe 20609

Die Kürbisdame
Eine Kleinstadt-Trilogie. detebe 20758

Indianer-Leo
und andere Geschichten aus dem Wilden Westdeutschland. detebe 20799

Ein Sommer in Davids Haus
Roman. detebe 21059

Voodoo-Emmi
Erzählungen. detebe 21541

Ein Winter ohne Schnee
Roman. detebe 21693

● Karl W. Schlegel
Richter wider Willen
Roman. detebe 21422

● Bernhard Schlink
Die gordische Schleife
Roman. detebe 21668

zusammen mit Walter Popp:
Selbs Justiz
Roman. detebe 21543

● Lydia Tews
Wer nicht träumt, ist tot
Roman. detebe 21513

● Susanne Thommes
Brüderchen und Schwesterchen
Roman. detebe 21423

Totensonntag
Roman. detebe 21474

zusammen mit Roland Kramp:
Der falsche Freund
Roman. detebe 21380

● Hans Weigold
Eines der verwunschenen Häuser
Roman. detebe 21070